독도 앤솔러지

우산의 비밀

DOKDO

ANTHOLOGY 독도 앤솔러지

우산의 비밀

팩토리나인

차례

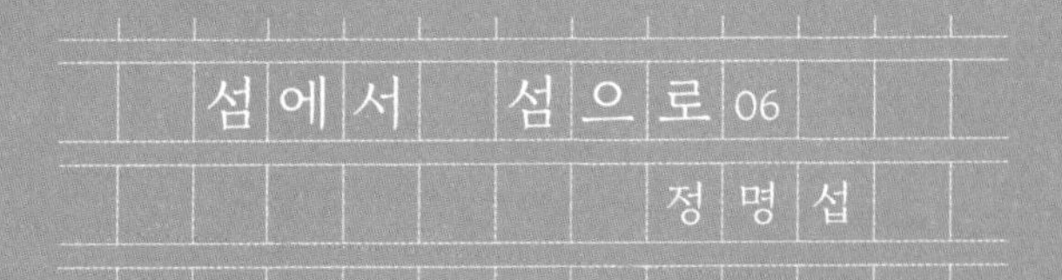

섬에서 섬으로

•
•
•

정명섭

Dokdo Anthology

| 일러두기 |

《삼국사기》 기록에 의하면, 신라시대 때는 울릉도를 '우산국'이라 불렀다. 이 작품에서 '우산국'은 울릉도를 의미한다.

울지는 아침 일찍 복두를 쓰고 관복을 입은 아버지 니로를 따라 우해왕이 있는 궁궐로 향했다. 올해 열다섯 살이 된 울지는 관례를 치른 다음이라 더벅머리를 묶어서 상투를 틀었고, 아버지가 실직주(신라가 지금의 강원도 삼척 지역에 설치한 행정구역)에서 구해 온 옥색으로 된 긴 비단 저고리와 통이 넓은 푸른색 바지를 입었다. 아버지 니로는 좋은 옷을 구해 주지 못해서 미안하다고 했지만, 육지에서 이틀이나 떨어져 있는 우산국에서는 이 정도만 해도 눈에 띄었다.

전날 비바람이 쳐서 그런지 섬 주변으로 파도가 쉴 새 없이 쳤다. 갈매기들도 선불리 물 위에 뜨지 못하고 있었다.

섬 한복판의 넓은 벌판 끝자락에 세워진 궁궐은 섬 어디에서나 보였다. 어릴 때 봤던 궁궐은 그다지 크지 않았는데, 지금은 2층으로 된 누각과 커다란 창고 그리고 우해왕의 부인 풍미녀가 머무는 공간들이 화려하게 지어져 있었다. 그걸 본 니로가 얼굴을 찡그리며 중얼거렸다.

"백성들이 저런 걸 보고 뭐라고 생각하겠느냐?"

고구려에서 살다가 젊은 시절에 우산국으로 넘어 온 니로는 세상 물정을 잘 알았다. 그래서 바깥세상의 일을 임금에게 들려주는 역할을 맡았다. 깡마른 몸에 광대뼈가 툭 튀어나온 얼굴을 한 니로. 그의 얼굴에는 지나온 세월만큼 깊은 주름들이 선명하게 나 있었다. 고집이 세고, 좀처럼 남의 말을 듣지 않는 성격이긴 했지만 맡은 일은 어떻게든 해냈기 때문에 이전 임금의 총애를 받았다.

하지만 임금이 세상을 떠나고 그의 아들인 우해왕이 즉위하면서 니로의 입지는 차츰 줄어들었다. 태어날 때부터 남들보다 크고 우람한 체격을 자랑했던 우해왕은 남들보다 더 커다란 덩치로 자라났다. 거기다 힘이 세서 큰 바윗돌도 쉽사리 들었고, 남들이 낑낑대며 겨우 드는 창도 한 손으로 다뤘다. 용감하고 자신감 넘치는 우해왕은 곧이곧대로 할 말을 하는 니로를 불편하게 여겼다. 하지만 니로는 우해왕을 내내 걱정했다. 궁궐로 걸어가면서 니로가 재차 중얼거렸다.

“장군감이긴 하지만, 한 나라를 다스리는 임금으로서는 턱없이 부족해.”

“왜요?”

울지의 물음에 니로가 쓴웃음을 지었다.

“너무 충동적인 성격에 귀가 얇아. 선대왕께서는 항상 귀를 열어 두고 조언을 듣고 신중하게 결정을 내리셨지. 하지만 우해왕은 생각나는 대로 즉석에서 결정해 버려. 세상이 변하고 있는데 말이다.”

아버지 니로는 늘 입버릇처럼 세상이 변하고 있다고 말했다.

“신라 때문인가요?”

니로는 대답 대신 고개를 끄덕거렸다. 사로국이라고 불렸던 신라가 동해안에 모습을 드러내고, 실직주를 설치한 것이 몇 년 전이었다.

“신라의 움직임은 우리에게는 대단히 위험하단다. 그래서 우해왕에게 몇 번이고 경고를 했지만, 도무지 들을 생각을 안 하는구나.”

아버지의 한탄을 듣던 울지는 며칠 전의 일을 떠올렸다. 신라의 하슬라주(신라가 지금의 강원도 강릉 지역에 설치한 행정구역)에서 배가 한 척 도착했다. 그 배에서 내린 니로의 오랜 친구가 집으로 찾아와 오랫동안 이야기를 나눴다. 그가 떠난 후, 아버지는 굳은 표정으로 천장을 바라보았다. 그러고는 오늘, 오랜만에 왕궁을 찾아간 것이다.

얼마 전, 심한 질책을 당한 후에 한동안 궁궐 출입을 하지 않아서 아버지가 다시는 가지 않을 것이라고 믿었던 울지는 다소 놀랐다.

그러는 사이 궁궐에 도착했다. 궁문을 지키는 수문장은 니로를 보고는 눈만 껌뻑거렸다. 수문장에게 니로가 다가가 말했다.

"대왕을 뵈러 왔네."

부하들과 수군거리던 수문장은 병사들과 백성들이 드나드는 작은 문을 열어 주었다. 니로의 표정이 굳어졌다. 하지만 곧 자존심을 버리고 작은 문으로 들어갔다. 그리고 왕궁의 뜰을 가로질러 우해왕이 있는 2층으로 된 정전으로 향했다.

측근들과 부인 풍미녀에게 둘러싸여 있던 우해왕은 신라에서 약탈해 온 비단을 살펴보는 중이었다. 보라색 비단으로 만든 옷자락은 옥좌 바닥까지 늘어져 있었고, 머리에는 나무 잎사귀가 조각된 금동관을 삐딱하게 쓰고 있었다. 그 옆에 있는 풍미녀는 노란색 점이 찍혀 있는 붉은색 저고리에 잔주름이 있는 노란색 치마를 입고 있었다. 틀어 올린 머리에는 나비 모양의 뒤꽂이를 꽂았고, 가슴에는 곡옥을 여러 줄로 꿴 목걸이를 하고 있었다.

대마도 도주의 셋째 딸인 풍미녀는 아직도 우산국의 말과 풍습을 익히지 못했다. 그래서인지 대마도에서 데리고 온 몸종들과 궁궐에만 머물렀고, 바깥출입을 잘 하지 않았다. 덕분에 우산국 백성들에게는 신비한 존재로 남아 있었다. 고개를 살짝 든 울지는 그녀의 모습을 훔쳐보았다. 과연 풍미녀라는 이름 그대로 아름다웠다.

대마도의 해적들이 자꾸 우산국을 공격해 오자 몇 년 전 우해왕은 직접 군사를 이끌고 대마도를 공격했다. 우해왕의 기세에 눌린 대마도 도주는 항복을 하고 화친을 맺었다. 그리고 자신의 딸 풍미녀를 우해왕의 부인으로 삼도록 했다.

그 이후, 대마도는 더 이상 우산국을 공격하거나 백성들을 끌고 가는 말썽을 부리지 않았다. 우해왕은 자신의 업적을 크게 자랑했고, 풍미녀를 곁에 두었다. 아버지 니로는 그때부터 우해왕이 변했다고 말했다. 그러면서 이전에는 없던 갈등이 벌어졌다.

니로가 들어왔지만 거들떠보지도 않던 우해왕은 니로가 헛기침을 크게 하자 못마땅한 표정을 지으며 비단을 내려놓았다. 우해왕 앞에 무릎을 꿇은 니로가 간곡한 목소리로 말했다.

"대왕이시여, 신라의 동태가 심상치 않다고 합니다."

"신라 놈들이 바다를 건너서 쳐들어오기라도 한단 말인가?"

우해왕의 심드렁한 물음에 니로는 고개를 더욱 깊이 숙이며 말했다.

"그냥 흘려들을 일이 아닙니다. 실직주와 하슬라주의 신라 수군들이 배를 수리하고, 식량을 모으고 있다고 합니다. 대왕이시여, 저들을 경계해야 합니다. 그들이 발톱을 드러낼 준비를 하고 있습니다."

"그자들의 발톱이 아무리 길고 날카롭다고 해도 이 넓은 동해를 건널 수는 없는 법이지. 설사 넘어온다고 해도 우리 섬에 발도 디디지 못할 것이다."

"방심은 패배를 부를 것입니다. 속히 침략을 중단하시고, 사절을 보내 화친을 해야 합니다."

"침략을 중단하다니, 과인의 군대가 영광스러운 승리를 거두는 것이 그리 못마땅하더냐!"

덩치 큰 우해왕이 눈을 부라리면서 윽박질렀다. 그 모습을 본 울지는 저도 모르게 움찔했다. 우해왕의 주변에는 고구려에서 넘어온 자들이 자리 잡고 있었는데, 하나같이 육지를 침략해서 노략질을 하는 것에 찬성하는 편이었다. 그들은 스스로를 장군이라고 불렀고, 노략질한 재물을 우해왕에게 바치면서 신임을 얻었다. 그러면서 니로처럼 대대로 우산국 왕을 모셔 온 대신들은 차츰 밀려났다. 심지어 마음에 들지 않는 말을 한다고 바다에 던지거나 목을 베어 버리기까지 했다. 울지는 아버지도 그런 꼴을 당할까 봐 겁이 났다.

하지만 니로 역시 물러나지 않았다.

"노략질한 것을 어찌 승리라고 하십니까?"

과연, 우해왕이 소뿔로 만든 술잔을 거칠게 내동댕이쳤다.

"지금 뭐라고 하였느냐! 노략질!"

"대왕! 정신 차리십시오. 신라가 실직과 하슬라에 주를 설치하고 군주를 임명한 지 오래입니다. 그들이 군선을 수리하고 수군을 훈련시킨다는 사실은 더 이상 비밀도 아닙니다. 그 창끝이 과연 어디로 향하겠습니까? 지금 신라의 영역이 된 동해안을 습격하는 것은 저들에게 명분을 줄 뿐입니다."

니로의 항변에 우해왕의 옆에 있던 불무두가 나섰다. 이마가 툭 튀어나왔고, 가시 같은 수염이 입 주변에 난 그는 우해왕의 측근 중에서도 신라를 가장 미워하는 인물이었다.

"그대의 말은 참으로 가소롭구려. 신라가 변방에 성을 쌓고 군사를 조련하는 것은 고구려와 왜의 침략을 막기 위해서요. 저들의 도읍인 서라벌은 해안에 붙어 있어서 왜구들이 바람을 타고 근처에 상륙하면 반나절이면 포위를 당하기 일쑤요. 거기다 신라는 실직주를 지키던 고구려 장수를 살해한 적이 있소. 당연히 고구려의 보복이 있을 것을 염려해서 성을 쌓고 수군을 양성하는 것이지요. 저들은 우리 우산국까지 신경을 쓸 여력이 없소이다."

불무두의 말에 우해왕의 다른 측근들이 맞장구를 쳤다. 불무두의 말이 끝나자 우해왕이 풍미녀가 건네준 술잔을 받아 들며 말했다.

"불무두의 말대로 신라 놈들은 우리를 신경 쓸 여력이 없네. 그까짓 배를 좀 만든다고 동해를 쉽게 건너오지는 못할 테니까. 작년에도 기세 좋게 쳐들어왔다가 겨우 살아서 돌아가지 않았는가 말이야."

그때의 기억을 떠올린 우해왕이 기분이 좋은지 껄껄 웃으며 부인인 풍미녀를 바라보았다.

신라가 동해안에 모습을 드러내고 세력을 확장하자 우해왕은 크게 불편해했다. 기존에 교류하던 해안 지방의 호족 세력들과의 연계가 끊긴 것이다. 그래서 우해왕은 신라가 군현을 설치한 곳을 골라서 공격했다. 우산국 백성들 사이에는 우해왕이 풍미녀에게 빠져서 그녀가 좋아하는 사치품을 구하기 위해서 신라의 동해안을 공격한다는 풍문이 돌 정도였다. 신라에 원한을 가진 고구려 출신 무사들이 대거 가담하면서 배와 군사의 숫자가 늘어난 것도 한몫했다. 니로를 비롯해 대대로 왕실을 섬겨 온 대신들은 그런 우해왕의 행동이 큰 화를 자초할 것이라고 걱정했다. 하지만 성공에 취한 우해왕은 귀담아듣지 않고 오히려 짜증을 냈다.

풍미녀가 따라 준 술을 마신 우해왕이 콧방귀를 뀌었다.

"신라 놈들이 그리 무서우면 자식을 데리고 가서 항복하여라. 올해 관례를 치렀으니, 곧 장가를 보내야 하지 않겠느냐?"

그 말을 들은 불무두를 비롯한 주변의 측근들이 조롱하는 표정으로 비웃었다. 하지만 니로는 꿈쩍도 하지 않았다.

"저들은 우리와는 비교할 수 없이 넓은 땅과 많은 병사들을 거느리고 있습니다. 한두 번 이겼다고 영원히 저들을 이길 수는 없습니다. 서둘러 사자를 보내 화친을 해야 합니다."

"화친? 우산국의 병사들과 백성들은 일당백이라 신라 놈들 따위는 아무리 몰려와도 두렵지 않도다. 거기다 우리 섬은 사방이 높은 절벽이고 배가 접안할 수 있는 포구는 두 곳뿐이다. 놈들이 날개가 있어서 섬에 내려오지 않는 한, 우리를 정복한다는 건 불가능한 일이야."

단숨에 대답한 우해왕이 자리에서 벌떡 일어나 주변을 돌아보았다.

"아니 그런가?"

우해왕의 말에 측근들은 일제히 그렇다고 대답했다. 말의 폭풍이 지나간 후, 우해왕은 무릎을 꿇은 니로를 조롱하는 눈빛으로 내려다보았다.

"그대는 아버지가 아끼던 신하였다. 아버지는 돌아가실 때 자네를 곁에 반드시 두라고 했지. 하지만 나이가 드니 겁이 많아졌군. 총명함이 사라지고 말았어."

"대왕! 신라가 이제 바다를 욕심내고 있습니다. 그들은 실직과 하슬라에 군진을 설치하고, 해안가에서 거둔 것들을 서라벌로 보내고 있지요. 그것으로 서라벌은 더욱더 커질 것이고, 신라의 힘은 더 강대해질 겁니다. 언제까지 바다와 섬의 절벽이 그들을 막을 것이라고 생각하십니까?"

"그래서 지금 과인이 막고 있지 않은가? 신라의 주군을 습격하고 저들이 만든 배를 불태우고 재물을 빼앗으면서 말이다. 그대만 바깥세상에 대한 이야기를 알고 있다고 생각하는가? 신라가 강해질수록 우리가 불리해지는 건 모두가 알아. 그래서 그 힘을 빼기 위해서 신라를 공격하는 것이지."

"싸우는 것으로 문제를 해결하는 수준은 넘어섰습니다. 이제 시간이 얼마 남지 않았습니다. 신이 듣기로는 하슬라 군주 이사부라는 자가 군사들을 맹훈련시키고 있다고 합니다."

"왕족 출신의 그 풋덩이 말인가? 스무 몇 살밖에 안 되는 자가 나를 대적하겠다고? 어림도 없지."

우해왕의 말에 이번에도 주변에서 환호성이 들렸다. 그렇지만 니로는 꿋꿋하게 버텼다.

"그자는 속임수로 가야의 땅을 빼앗았다고 합니다. 지난번에 공격해 온 신라의 수군 역시 숫자가 적었고, 공격을 받고는 바로 돌아갔습니다. 분명 간계를 꾸미고 있을 것입니다. 속히 대책을 세우셔야 합니다."

"대책 말인가? 우산국의 임금인 과인이 그자에게 고개를 조아려서 얻을 게 무엇인가? 그자가 과인에게 땅을 줄 수 있는가? 배를 줄 수 있는가?"

"백성들이 평안해질 수 있습니다."

고개를 든 니로의 말에 우해왕의 얼굴이 굳어졌다.

"과인이 지금 백성들을 지켜 주지 못하고 있단 말인가?"

"위기를 자초하고 계십니다. 그 대가는 결국 죄 없는 백성들이 치를 것이고 말입니다."

니로의 이야기를 들은 우해왕의 표정이 험악해졌다. 방 안에 싸늘한 분위기가 감돌았다. 소맷자락을 펄럭이며 옥좌 뒤로 돌아간 우해왕은 금실로 손잡이를 감싼 환두대도를 들고 나왔다. 나무와 가죽으로 만든 칼집을 내동댕이치고는 니로의 목에 칼

날을 들이댔다.

“과인을 능멸하고도 살아남기를 바라는 건 아니겠지?”

“차라리 죽이십시오. 잘못된 것을 알고도 모른 척하고 사느니, 그게 더 낫습니다.”

고집 센 니로의 말에 우해왕의 손끝이 부들부들 떨렸다. 그걸 보던 울지는 눈물을 참기 위해 눈을 질끈 감았다. 몇 년 전에 병으로 돌아가신 어머니는 아버지의 굽힐 줄 모르는 성격을 걱정했다. 그러면서 울지에게 아버지를 잘 돌봐 달라는 유언을 남겼다. 울지는 그 유언을 지키지 못할 수도 있다는 생각에 눈물을 글썽거리고 만 것이다.

다행스럽게도 우해왕이 칼을 거뒀다.

“며칠 후에 독도에 제를 올려야 하는데 피를 볼 수는 없지. 니로를 궁궐에서 추방한다. 앞으로는 절대 궁궐에 발을 디딜 수 없으며, 그러는 순간, 목이 달아날 것이다.”

우해왕의 말을 들은 울지는 가슴을 쓸어내렸다. 아버지 니로는 굵은 눈물을 흘리며 일어났다. 그리고 조금의 흐트러짐도 없이 우해왕에게 절을 하고는 돌아서서 정전 밖으로 나왔다. 울지는 아버지를 따라 나갔다. 뒤에서 왁자지껄한 웃음소리가 터져 나왔다.

아무 말도 하지 않고 집으로 가는 아버지를 따라가던 울지는 고개를 돌려 독도를 바라보았다. 안개를 뚫고 희미한 독도의 봉우리가 보였다. 울지는 속으로 아버지의 목숨을 지켜 준 독도에게 고마움을 표했다.

집으로 돌아온 니로는 복두와 관복을 벗어서 광주리에 넣은 다음 평범한 저고리와 바지를 입었다. 그리고 산에서 약초를 캐고, 해안가로 가서 낚시를 했다. 우산국 백성들은 갑작스럽게 바뀐 니로의 모습을 경외와 호기심 어린 눈길로 바라보았다. 하지만 니로는 그런 시선 따위는 아랑곳하지 않았다.

니로는 그날부터 왕궁 쪽은 쳐다보지도 않은 채 밭을 갈고 집안일을 하면서 세월을 보냈다. 울지는 더 이상 우해왕의 손에 아버지의 운명이 걸려 있지 않다는 사실이 더없이 기뻤다. 하지만 포기한 것 같은 아버지의 모습에 가슴 한쪽이 아파 왔다.

그렇게 며칠이 지나고, 다른 때처럼 고기를 잡으러 현포로 가던 울지는 바다를 보고 깜짝 놀랐다. 엄청나게 많은 배들이 바다를 가득 메우고 있었던 것이다. 함께 걷던 아버지 니로가 뱃머리에 펄럭거리는 깃발을 보고는 외쳤다.

"신라다! 신라군이 바다를 건너왔구나."

"지난번에 그렇게 당하고 또 온 건가요?"

어리둥절해하는 울지에게 니로가 말했다.

"내가 그때 말하지 않았느냐! 지난번 공격은 우리의 전력이 얼마나 되는지 알아보는 정도였다고 말이야."

"설마 다시 올 줄은 몰랐어요."

"놈들은 절대 포기하지 않을 거야."

바다가 내려다보이는 나팔 바위 위에 올라선 니로가 가지고 다니던 뿔 나팔을 불었다. 우웅— 하는 뿔 나팔 소리가 안개가 채 가시지 않은 섬 곳곳으로 퍼져 나갔다. 그러자 여기저기서 위험신호를 알리는 북이 울리고 긴 나팔 소리가 났다.

해안가로 달려가는 우산국 백성들의 모습이 보였다. 적군이 바다에 나타났을 경우 경고신호가 울리고, 군사들과 백성들은 해안가로 가서 적을 막아야만 했다. 무장한 병사들은 주로 적들이 상륙할 수 있는 포구를 막고 다른 해안가는 백성들이 막는 식이었다.

섬에 들어올 수 있는 포구는 몇 개 없었고, 나머지는 높은 절벽이라서 적군이 아무리 많아도 쉽게 상륙할 수는 없었다. 이것이 우해왕이 신라군이 날개를 달지 않은 이상 우산국에 발을 디디지 못할 것이라고 호언장담한 이유였다. 하지만 이번에 쳐들어온 신라군의 숫자는 많아도 너무 많았다. 울지가 아버지 니로가 서 있는 나팔 바위 위에 서서 아래를 내려다보자 현포 앞바다에 모인 신라군의 배들이 보였다.

“적어도 오십 척은 넘어 보여요, 아버지.”

“아마 하슬라 군주 이사부가 동원할 수 있는 수군을 모두 끌고 왔을 게다.”

“이제 어쩌죠?”

울지의 물음에 니로가 얼굴을 찡그렸다.

“어쩌긴, 일단 맞서 싸워야지.”

“저렇게 많은데 어떻게요?”

“아무리 숫자가 많아도 상륙만 막으면 된다. 주변에 정박할 만한 섬이 없고, 바다가 깊어서 버티면 승산이 있어.”

궁궐 쪽에서 북소리가 울렸다. 우해왕이 한 무리의 부하들을 이끌고 현포 쪽으로 달려가는 게 보였다. 우해왕은 덩치가 큰 데다가 황금색 갑옷과 투구를 입고 있어서 눈에 확 띄었다. 비록 아버지 니로를 죽일 뻔했지만 어쨌든 든든했다. 신라 수군의 숫자가 어마어마했지만, 섬에 발을 딛지 못하게만 한다면 승산이 있었다.

현포로 향하는 우해왕의 뒷모습을 보던 울지가 아버지 니로에게 말했다.

“집에 가서 무기를 가져올까요?”

“칼과 창으로 싸울 건 아니니까, 너는 가서 돌이나 좀 모아 오너라.”

"알았어요, 아버지."

광주리를 내려놓은 울지는 나팔 바위 주변을 돌면서 돌을 모았다. 혹시나 신라 수군이 절벽을 올라오면 돌을 던져서 막아야 했기 때문이다.

한 무더기의 돌을 모아서 나팔 바위로 돌아온 울지의 눈에 우해왕의 측근인 불무두가 보였다. 갈색 가죽 갑옷을 입은 불무두는 투구를 옆구리에 낀 채 아버지 니로를 바라보고 있었다. 울지는 혹시나 하는 마음에 돌 하나를 손에 움켜쥐고 불무두를 바라보았다. 그런 울지를 보고 불무두가 피식 웃었다.

"해치려고 온 것 아니니까 돌 같은 걸 숨길 필요는 없다."

"그럼요?"

"대왕께서 찾으신다."

불무두의 이야기를 들은 울지가 아버지를 바라보았다. 한숨을 쉰 니로가 불무두에게 말했다.

"앞장서시게."

투구를 쓴 불무두가 돌아서서 현포 쪽으로 걸어갔다. 울지는 숨기고 있던 돌을 떨어뜨리고 아버지 니로를 따라갔다. 발걸음을 뗀 니로는 따라오는 울지에게 말했다.

"너는 여기 있거라."

"싫어요."

딱 잘라 말한 울지는 아버지 옆에서 걷기 시작했다. 쓴웃음을 지은 니로는 말없이 발걸음을 옮겼다.

남쪽에 있는 현포는 절벽 사이에 있는 평지라서 부두가 만들어졌다. 적이 쳐들어오면 상륙할 수 있는 곳이기에 돌로 성벽을 쌓아 두었다. 우해왕은 그곳에 세워 둔 망루 위에 서 있었다. 옆에는 방패와 창을 든 병사들이 서 있고, 동원된 백성들은 부지런히 돌을 나르는 중이었다. 그 옆으로는 궁수들이 불화살을 쏠 준비를 하고 있었다.

지난번에 신라 수군이 현포로 쳐들어왔을 때도 성벽에서 불화살과 돌을 쏴서 물리쳤다. 군사의 숫자가 아무리 많다고 해도 포구에 발을 디디고 성벽으로 올라올 수 있는 명수는 한정적이었기 때문에 막기는 어렵지 않았다. 거기다 섬 주변은 망망대해라 정박하기도 쉽지 않아 식량과 식수를 구할 수 없고, 비바람이 몰아치면 꼼짝없이 가라앉을 수밖에 없었다. 그래서 해적이건 수군이건 그 어떤 침략자들도 우산국을 점령할 수 없었다. 우해왕이 니로를 비롯한 대신들의 반대를 무릅쓰고 신라를 공격할 수 있었던 것도 우산국의 이런 지형 때문이었다.

하지만 이번에 나타난 신라 수군의 규모는 이제껏 우산국에 쳐들어왔던 적들과는 차원이 달랐다. 불무두가 따라오라고 말하며 망루로 올라갔다. 울지도 아버지 니로를 따라 망루로 올라갔다. 망루에서 우해왕이 걱정스러운 표정을 지은 채 바다를 내려다보고 있었다. 니로가 고개를 숙이며 말했다.

"부르심을 받고 왔습니다."

"어서 오게. 신라 수군들이 쳐들어온 것 같군."

"저도 아까 바다에서 봤습니다."

"자네가 신라에 대해서 잘 알고 있어서 불렀네. 지난 일은 잠시 잊고, 과인을 도와주게."

"물론입니다."

니로의 대답을 들은 우해왕이 바다를 바라보며 물었다.

"규모가 만만치 않아. 대체 누가 지휘하고 있는 것 같은가?"

바다를 잠깐 바라본 니로가 눈을 가늘게 떴다. 그러고는 단호하게 대답했다.

"신라라고 적힌 깃발이 보입니다. 그리고 저기 가운데 큰 배의 붉은 깃발에 '하슬라 군주 이사부'라고 적혀 있습니다."

니로의 이야기를 들은 우해왕의 표정이 굳어졌다.

"이사부가 직접 원정을 온 건가?"

"그런 것 같습니다. 절대로 그냥 물러서지는 않을 겁니다."

"의지는 바다를 이길 수 없는 법이지. 며칠만 잘 버티면 우리에게 승산이 있을 거야."

"한 번만 실수하거나 방심해도 끝장입니다. 만약 저들이 막대한 피해를 입고 승리한다면 우산국의 백성들은 그 분노를 고스란히 당해 내야만 합니다. 사절을 보내서 의중을 파악하고, 협상을 하소서."

"적이 눈앞에 쳐들어왔는데 어찌 손을 내민단 말인가? 저들이 물러가면 하슬라로 사람을 보내서 화친을 하겠지만, 지금은 아닐세."

우해왕의 말을 들은 니로는 말없이 고개를 조아렸다. 평소 성격대로라면 지지 않고 응수했을 텐데, 마음이 많이 약해진 것 같았다.

그때 바다를 살펴보던 불무두가 외쳤다.

"대왕! 신라의 전선 한 척이 다가옵니다."

현포로 다가오는 배는 붉은 깃발이 걸린 큰 배였다. 성벽으로 올라온 궁수들이 활줄을 당겨서 활채에 끼웠다. 팽팽해진 활줄을 손가락으로 만지작거리는 궁수들의 발아래에 화살들이 쌓였다.

포구 앞에 멈춘 신라의 전선에는 화살을 막기 위한 방패들이 빼곡하게 세워져 있었다. 그걸 본 우해왕이 코웃음을 쳤다.

"아무리 방패를 쌓아 둔다고 해도 불화살을 막을 수는 없는 노릇이지."

그때, 방패 사이로 신라의 장수 한 명이 모습을 드러냈다. 뾰족한 투구와 팔꿈치까지 내려오는 찰갑(작은 쇳조각을 이어 붙여 만든 갑옷) 차림의 장수였다. 엄청난 위용을 보여 주긴 했지만, 나이는 대략 이십 대 중반 정도로 앳되어 보였다. 그걸 본 니로가 말했다.

"하슬라 군주인 이사부입니다."

"생각보다 젊군."

우해왕의 대꾸에 니로가 대답했다.

"젊지만 간교한 자입니다. 어떤 계책을 내놓을지 모르니 방심하시면 아니 되옵니다."

"수상한 짓을 하면 바로 불화살을 쏘라고 하겠네."

둘이 이야기를 주고받는 사이, 하슬라 군주 이사부를 태운 신라의 전선이 코앞까지 다가왔다. 궁수들 앞에 불을 붙일 수 있는 작은 화로들이 놓였다.

뱃머리로 나온 이사부가 망루 위에 서 있는 우해왕을 향해 소리쳤다.

"나는 신라의 이찬이자 하슬라의 군주 이사부다. 우산국의 무리들이 감히 우리 신라의 영토를 침입하고 노략질을 한 것을 단죄하기 위해 왔노라. 항복하면 목숨은 살려 주겠다! 그러니 속히 항복하라!"

이사부의 우렁찬 목소리는 바람을 타고 들려왔다. 망루와 주변의 성벽에 서 있던 병사들과 백성들의 표정이 어두워졌다. 군주인 이사부가 직접 왔다는 사실과 엄청난 숫자의 전선들을 보고 겁을 집어먹은 것이다.

그런 주변의 반응을 읽었는지 우해왕이 옆에 있는 병사가 들고 있던 창을 빼앗았다. 그리고 몇 걸음 뒤로 물러났다가 앞으로 달려가면서 힘껏 바다를 향해 던졌다. 하늘을 가른 창은 이사부가 서 있는 뱃머리 바로 앞에 꽂혔다. 사람이 던졌다고는 생각할 수 없을 정도로 먼 거리를 날아간 창을 본 병사들과 백성들이 일제히 놀란 표정을 지었다. 의기양양해진 우해왕이 망루 밖으로 몸을 내민 채 소리쳤다.

"이곳까지 쳐들어온 용기는 가상하구나. 하지만 이곳은 사면이 절벽인 천혜의 험지다. 지금껏 그 어떤 적들도 이 성벽을 넘은 적이 없느니라! 곱게 돌아가면 뒤쫓지는 않겠다."

이사부는 기세등등한 우해왕의 모습을 팔짱을 낀 채 조용히 지켜보았다.

"험지에 몸을 숨긴 채 큰소리를 치는 모습이 참으로 딱하구나. 자칭 대왕이라면서 해적이나 다름없는 노략질을 하는 주제에 말이다."

"시끄럽다! 본래 동해안은 신라의 땅이 아니었다. 도둑처럼 야금야금 차지해 놓고서는 감히 주인 행세를 하다니, 우습기 그지없구나."

"우리 신라가 사해의 주인이 되는 것은 하늘이 정해 준 운명이다. 조그마한 섬에 틀어박혀서 큰소리치는 네놈이야말로 우습기 그지없구나. 자애로운 임금께서 잘 타이르라 하셨는데 그 뜻을 모르니, 이제 징벌을 내릴 것이다."

말을 마친 이사부가 손짓을 하자 방패가 옆으로 치워지고 신라의 병사들이 쇠창살로 만든 우리를 끌고 나왔다. 우리 안에는 개나 늑대보다 큰 맹수가 갇혀 있었다. 예상 밖의 상황에 놀란 우해왕이 니로에게 물었다.

"저 우리 안에 있는 게 무엇이냐?"

한참을 들여다보던 니로가 대답했다.

"사자 같습니다."

"그게 무슨 동물인가?"

"사납기 그지없는 맹수입니다. 발톱과 이빨로 동물을 갈기갈기 찢어 버리는 놈이지요."

"그렇다고 해도 이 성벽은 못 넘어오겠지?"

우해왕의 물음에 니로는 고개를 저었다.

"네 발로 나무를 제집 드나들 듯 오를 수 있습니다. 이 정도 성벽이라면 단숨에 넘어올 겁니다."

니로의 이야기를 들은 우해왕이 짜증스러운 표정을 지었다.

"비겁하게 맹수를 끌고 오다니!"

그때 우리 옆에 선 이사부가 쩌렁쩌렁한 목소리로 말했다.

"이 우리 안에 있는 것은 사납기 그지없는 사자라는 동물이다. 너희들이 믿는 그 절벽쯤은 쉽사리 타고 올라갈 수 있느니라. 항복하지 않으면 사자 수십 마리를 섬에 풀어놓겠다."

병사들과 백성들은 난생처음 보는 사자라는 맹수를 보기 위해 성벽 위로 올라왔다. 그리고 하나같이 겁을 먹었다. 반응을 살핀 이사부가 말했다.

"이 사자들이 섬을 누비고 다니면 너희들은 어디로 피할 것이냐? 바다로 나온다면 우리가 가로막고 있을 것이다."

이사부의 이야기를 들은 우해왕이 아랫입술을 깨물었다. 그의 말대로 사자가 섬에 들어오면 살아남을 방법은 배를 타고 도망치는 것뿐이었다. 하지만 신라의 전선들이 바다를 지키고 있다면 독 안에 든 쥐 신세였다. 그사이, 신라의 전선들이 다가와 우리 속에 든 사자들을 보여 주었다. 두려움은 삽시간에 퍼져 나갔다. 심지어 우해왕의 측근들조차 겁을 먹은 게 보였다. 화가 난 우해왕이 발을 쿵쿵 구르면서 외쳤다.

"겁먹지 마라! 궁수들은 활을 쏠 준비를 하라!"

그러자 니로가 나섰다.

"대왕이시여! 한 번만 더 생각해 주시옵소서. 저 사자들이 섬에 발을 디디는 순간, 우리 백성들은 모두 죽은 목숨입니다."

니로의 외침에 주변의 병사들이 눈에 띄게 동요했다. 몇 명은 조용히 자취를 감추기도 했다. 궁수들 역시 명령이 떨어졌음에도 불구하고 아무도 시위를 당기지 않았다. 우해왕이 환두대도를 뽑아 들고 외쳤다.

"명령이다! 시키는 대로 하지 않으면 목을 벨 것이다!"

하지만 아무도 움직이지 않았다. 분위기가 순식간에 비관적으로 변하자 결국 우해왕은 환두대도를 망루 바닥에 꽂았다. 그리고 투구를 벗어서 성벽 아래로 던졌다. 아래로 굴러간 투구는 공교롭게도 투구 모양의 바위 위에 떨어졌다.

우해왕이 침통한 표정으로 이사부에게 말했다.

"항복할 것이니 사자를 풀지 말게."

"물론이오."

이사부가 손짓을 하자 병사들이 우리를 다시 방패 뒤로 숨겼다. 그리고 천천히 포구로 다가왔다. 우해왕을 비롯한 우산국 사람들은 그 광경을 물끄러미 바라볼 뿐이었다.

포구에 도착한 신라 전선에서 갑옷을 입은 신라군들이 쏟아져 나왔다. 그들은 포구를 가로질러 성벽으로 다가와 가져온 사다리를 걸쳤다. 보통 이 정도까지만 해도 쏟아지는 불화살과 돌에 절반 이상의 병사들이 죽거나 다쳤어야만 했다. 하지만 이번에는 달랐다. 신라군들은 별다른 저항 없이 성벽을 타고 올라왔다. 제일 먼저 올라온 신라군들이 칼을 뽑아 들고 우산국 병사들과 백성들을 밀어냈다. 그사이 뒤에서 올라온 신라군들이 삽시간에 성벽을 넘어왔다.

그 광경을 보고 있던 불무두가 갑자기 외쳤다.

"소리를 내지 않았습니다."

불무두의 말에 우해왕이 그를 바라보았다.

"그게 무슨 소리인가?"

우해왕의 물음에 불무두가 다급하게 말했다.

"맹수라면 당연히 우는 소리를 내야만 합니다. 그런데 우리 속의 사자라는 맹수는 전혀 울지 않았습니다."

불무두의 이야기를 들은 우해왕이 니로를 바라보았다.

"어찌 된 일이냐?"

"저 사자들은 나무로 만든 가짜입니다."

"뭐라고! 과인을 속인 것이냐!"

"어쩔 수 없었습니다. 대왕이 계속 신라를 공격했으니 저들이 쳐들어오는 것은 불 보듯 뻔한 일이었습니다. 거기에 맞서 싸우면 죽거나 다치는 건 당연히 백성들이 아니겠습니까? 그래서 제가 대왕을 속일 계책을 전해 준 것입니다."

니로의 이야기를 들은 우해왕의 표정이 더없이 험악해졌다. 옆에서 지켜보던 울지는 속으로 역시 아버지답다는 생각을 했다. 고집스럽고 원칙주의자라 할 말은 하는 성격인 니로는 우해왕이 자신의 조언을 듣지 않자 결국 나름의 방식대로 일을 처리하고 속 시원하게 말해 버린 것이다.

우해왕이 짐승처럼 울부짖으며 니로를 노려보았다.

"감히 과인을 속이고 나라를 적국에게 넘겨주다니! 그대가 정녕 우산국의 신하란 말인가?"

"대왕이 풍미녀를 옆에 끼고, 자칭 장수라는 자들의 꾐에 빠져서 백성들이 모두 죽을 위기에 처했습니다. 나는 우산국의 신하이지 어리석은 대왕의 신하가 아닙니다."

니로의 말을 들은 우해왕의 표정이 더없이 차가워졌다. 그걸 본 울지는 다급하게 외쳤다.

"아버지! 위험해요!"

하지만 니로는 물러나지 않고 우해왕을 노려보았다. 허리띠에 꽂혀 있던 단검을 뽑은 우해왕이 단숨에 니로의 가슴을 찔렀다. 우해왕의 어깨에 기댄 아버지의 입에서 핏물이 터져 나왔다. 그 광경을 본 신라군 몇 명이 망루를 향해 활을 쐈다.

불무두가 외쳤다.

"위험합니다!"

불무두는 몸을 날려서 우해왕을 향해 날아오는 화살을 막았다. 화살을 맞은 불무두가 망루 난간에 기댄 채 고개를 숙였다. 순식간에 벌어진 일에 울지는 꼼짝도 하지 못했다. 우해왕은 몸을 돌려서 망루에서 뛰어내렸다. 그리고 궁궐 쪽으로 달아났다. 신라의 궁수들이 화살을 쏘았지만 우해왕은 바람처럼 빠르게 사라져 버렸다. 그사이, 성벽을 꾸역꾸역 넘어온 신라군들이 병사들의 무기를 빼앗고 한쪽으로 몰았다. 사냥감처럼 몰린 병사들은 시키는 대로 얌전히 무릎을 꿇었다.

울지는 망루 바닥에 쓰러진 아버지를 내려다보았다.

"정신 차려요, 아버지!"

하지만 니로는 살짝 입을 벌린 채 숨을 쉬지 않았다. 손잡이까지 깊숙하게 박힌 단검 사이로 피가 꾸물거리며 흘러나왔다.

뒤늦게 성벽에 올라온 이사부가 부하 장수와 함께 망루로 올라섰다. 아무 말 없이 니로의 시신을 내려다보던 이사부가 망루 아래 모인 신라군들에게 명령했다.

"우산국 병사들의 무기를 모두 빼앗고 한곳에 감금하라. 그리고 우해왕을 서둘러 잡아라!"

명령을 받은 신라군들이 우렁찬 대답을 하며 흩어졌다. 이사부는 우해왕이 바닥에 꽂은 환두대도를 뽑아 들고 부하 장수에게 말했다.

"저자의 시신은 정중히 장례를 치러 주게. 우리를 위해 좋은 계책을 내준 덕분에 피 한 방울 안 흘리고 우산국을 점령했으니 말이야."

"알겠습니다."

이사부가 망루 아래로 내려가는 사이, 울지는 아버지 니로의 가슴에 박혀 있던 단검을 힘껏 뽑았다. 그리고 우해왕이 도망친 왕궁 쪽을 노려보았다. 왕궁 너머 바다에 구름에 둘러싸인 독도의 모습이 희미하게 보였다.

신라군이 왕궁에 들이닥쳤을 때 우해왕은 이미 풍미녀와 함께 자취를 감춘 상태였다. 며칠 동안 섬 안을 샅샅이 뒤졌지만 흔적을 찾을 수 없었다. 그러다 섬의 북쪽 도두 포구에 사는 늙은 어부가 우해왕과 풍미녀가 대마도에서 온 몸종들과 함께 작은 배를 타고 독도 방향으로 떠나는 모습을 보았다고 알려 주었다. 이사부는 즉시 독도를 살펴보라는 지시를 내렸다.

독도로 가서 우해왕을 찾을 배가 띄워졌다. 도두 포구에 있던 우산국의 전선을 쓰기로 했다. 울지는 아버지의 복수를 위해서 같이 가겠다고 자원했다. 아버지를 따라 독도에 몇 번 간 적이 있었기 때문에 명분도 충분했다. 아무도 없는 집으로 돌아온 울지는 통이 좁은 바지와 저고리를 입고, 비바람을 막기 위해서 가죽조끼를 위에 걸쳤다. 그리고 아버지 니로의 가슴에 박혔던 단검을 품속에 감췄다.

아침 일찍 떠나는 전선에 올라탄 울지는 말없이 바다를 노려보았다. 반강제로 뽑혀 온 우산국의 선원들은 불안하고 두려운 표정으로 노를 잡았다. 전선이 포구를 떠나 동쪽으로 향했다. 처음에는 바람이 적당히 불어왔고, 파도도 잔잔해서 별 어려움 없이 나아갈 수 있었다. 하지만 독도에 가까워질수록 파도가 높아지고 맞바람이 심하게 불어왔다.

난간을 잡고 독도를 바라보던 울지는 갑자기 아버지 니로를 떠올렸다. 눈물을 애써 참던 울지의 귀에 신라군을 이끌고 전선에 탄 당주(신라군의 조직인 당의 지휘관)의 목소리가 들렸다.

"저곳이냐?"

뱃머리에 선 신라 당주의 물음에 울지는 고개를 들어서 바다를 바라보았다. 출렁거리는 파도 너머로 보이는 것은 독도가 맞았다. 그러나 아버지 니로 생각을 하던 울지가 제대로 대답하지 못하자 당주는 험악한 표정을 지으며 허리춤에 찬 환두대도에 손을 올렸다. 놀란 울지는 서둘러 고개를 끄덕거렸다.

"저, 저기가 독도 맞습니다."

"우산도가 아니라 독도라고?"

눈을 부릅뜬 당주의 물음에 울지는 독도의 뾰족한 봉우리를 바라보면서 대답했다.

"우산국 백성들은 독도라고 합니다만, 외지 사람들은 종종 우리 섬이랑 헷갈려서 우산도라고 합니다."

설명을 들은 당주는 가만히 고개를 끄덕거리며 고개를 들어 독도를 바라보았다.

그는 생선 비늘 같은 작은 쇳조각을 가죽으로 연결한 갑옷을 입었다. 투구도 눈만 빼고 온 얼굴과 머리를 다 뒤덮는 것을 썼다. 목에도 꽃잎처럼 밖으로 벌어지는 가리개를 찼다. 가리개 밖으로 삐져나온 녹백색의 깃이 바람에 펄럭거렸다. 거센 바람이 멈출 기미를 보이지 않자 뱃사람 중 우두머리이자 경험이 많은 풍두 노인이 조심스럽게 말했다.

"당주님, 바람이 심해서 접근하기가 어렵습니다. 일단 돌아갔다가 바람이 잠잠해지면 다시 오는 게 좋겠습니다."

풍두 노인의 말에 돌아선 당주가 버럭 화를 냈다.

"눈에 보이는 곳으로 가는 게 무엇이 어렵다고!"

발로 갑판을 쿵쿵대며 화를 내는 그에게 풍두 노인은 차마 육지와 바다는 다르다는 말을 하지 못했다. 자칫했다가는 목이 날아갈 수도 있는 상황이었기 때문이다. 바다에 나가 본 경험이 있는 울지 역시 입을 다물었다.

독도는 우산국의 백성들에게는 부처님만큼이나 숭배의 대상이었다. 이 섬은 아침이 되면 떠오르는 해가 밤새 잠드는 곳으로 여겨졌다. 울지 역시 독도를 어스름한 푸른 새벽에 우뚝 솟은 거인처럼 느낀 적이 많았다. 두 개의 섬으로 이뤄진 독도는 이상하게 눈에 잘 띄어서 안개가 끼거나 비바람이 심할 때도 잘 보였다. 그래서 우산국의 뱃사람들에게는 이정표 역할을 했다. 그런 이유로 우산국 백성들에게 독도는 신성한 존재였기에, 웬만하면 그곳에 가서 물고기를 잡거나 해초를 뜯어 오지 않았다. 어차피 주변에 암초가 많고 파도가 험해서 웬만한 실력으로는 가까이 갈 수 없기도 했다.

그런데 신라의 젊은 당주는 막무가내였다. 그는 우산국을 정벌한 하슬라주의 군주 이사부가 총애하는 젊은 장수였다. 독도로 도망친 우해왕을 사로잡아서 공을 세우고 싶어 조바심을 냈다. 그래서 그가 직접 뽑은 삼십 명의 병사들이 항복한 우산국의 전선을 타고 독도로 향하게 된 것이다. 그런 상황이니 신라의 당주는 바람이 안 좋다는 풍두 노인의 말을 믿지 않았다. 그는 고개를 조아린 풍두 노인에게 말했다.

"나는 이사부 장군의 명을 받들어 가는 길이다. 무려 삼십 명의 병사가 나를 따르고 있고, 섬은 바로 코앞이다. 우리는 하루 넘게 바다를 건너 우산국으로 왔다. 그런데 너희들은 고작 반나절도 안 걸리는 섬에 못 간다고 하는 것이냐!"

"아이고, 죄송합니다."

풍두 노인이 몇 번이고 죄송하다는 말을 하자 당주는 기분이 누그러졌는지 팔짱을 낀 채 말했다.

"용서해 줄 것이니 서둘러라!"

돌아선 풍두 노인이 뱃사람들에게 말했다.

"코끼리 바위를 지나서 동섬으로 돌아간다. 내가 신호를 하면 노를 힘차게 젓도록 해. 자칫해서 섬으로 끌려가면 암초에 부딪혀서 물고기 밥이 된다. 다들 정신 바짝 차려!"

당주는 여전히 뱃전에 서서 독도를 노려보았다. 어서 빨리 섬에 도착해서 우해왕과 풍미녀를 사로잡아서 돌아갈 생각만 하는 것 같았다. 하지만 돛대 옆에 선 풍두 노인은 거센 바람이 치는 하늘을 올려다보며 중얼거렸다.

"쉽지 않겠어."

풍두 노인의 말대로 거친 파도와 맞바람 때문에 독도로 가는 길은 쉽지 않았다. 바람에 맞춰 돛을 움직이는 아딧줄이 끊어질 정도로 바람이 거셌다. 하지만 뱃머리에 선 당주는 돌아가야 한다는 풍두 노인의 말에 전혀 귀를 기울이지 않았다. 오히려 호통을 쳤다.

"우산국은 이미 없어졌다. 그런데 그 왕을 감싸는 이유가 무엇이냐? 사자가 아니라 칼 맛을 봐야 정신을 차리겠느냐!"

풍두 노인이 아무 말도 하지 못하자 당주는 의기양양하게 소리쳤다.

"우해왕은 백성들을 괴롭히고, 옳은 말을 하는 신하들을 쫓아낸 폭군이다. 그런 자를 감싸다니, 참으로 딱하구나."

아무 말도 못 하는 뱃사람들의 심정을 대변하듯 큰 파도가 들썩거리며 뱃전을 쳤다. 갑옷을 입은 당주가 꼴사납게 휘청거렸다. 뱃사람들은 소리 없이 웃었고, 울지도 고개를 돌린 채 웃음을 씹었다.

겨우 균형을 잡은 당주가 외쳤다.

"우리는 독도로 간다. 나는 멈추거나 딴소리를 하는 자의 목을 베어 바다에 던져 버릴 것이다!"

배는 맞바람을 이겨 내면서 겨우 독도의 코끼리 바위 근처에 도달했다. 돛대를 붙잡고 서 있던 풍두 노인이 외쳤다.

"힘껏 노를 저어! 그리고 키는 최대한 왼쪽으로 꺾어!"

"그러면 섬이랑 멀어지지 않습니까?"

가까운 곳에서 노를 젓던 감사지라는 젊은 뱃사람의 물음에 풍두 노인이 고개를 저었다.

"저쪽 앞은 물속이 온통 암초투성이야. 잘못했다가 바닥이 뚫리면 그대로 끝장이야."

풍두 노인이 울지의 어깨에 손을 올렸다.

"울지야! 너도 여기 와 본 적 있지?"

"네, 아버지를 따라서 와 봤어요."

"섬에서 파도가 밀려 나오면 나에게 이야기해 다오. 알았지?"

"알겠습니다."

당주는 풍두 노인과 뱃사람들이 긴장하는 걸 보고는 비웃는 표정을 지었다.

"고작 저런 작은 섬 하나를 두고 쩔쩔매다니, 너희들이 정녕 동해를 주름잡던 우산국의 뱃사람들이 맞느냐?"

당주의 말이 끝나기가 무섭게 독도에서 거품 섞인 파도가 밀려오는 게 보였다. 주변에 암초가 많고, 바위로 된 독도는 파도가 치면 그대로 되밀려 나왔다. 놀란 울지가 외쳤다.

"어르신! 파도가 밀려옵니다."

울지의 외침에 독도를 바라본 풍두 노인이 외쳤다.

"키를 밖으로 돌려! 빨리 노를 저어라!"

그러나 하필이면 그때 맞바람이 불면서 배가 꼼짝도 하지 않았다. 그사이, 독도에서 밀려 나온 파도가 울지 일행이 탄 전선을 후려쳤다. 쿵 하는 소리와 함께 배는 물 위에 뜬 나뭇잎처럼 빙빙 돌았다. 뱃사람들은 노를 놓쳤고, 당주를 비롯한 신라 병사들도 균형을 잡지 못하고 넘어지거나 주저앉았다.

"으악! 살려 줘!"

개중에 몇 명은 바다로 떨어졌다. 빠진 병사들은 허우적거리며 살려달라고 했지만 무거운 갑옷을 입고 있던 탓에 금방 물속으로 가라앉고 말았다. 거센 바람에 아슬아슬하게 버티던 돛대도 더 이상 견디지 못하고 부러지고 말았다. 균형을 잃은 전선은 점점 독도 쪽으로 밀려갔다. 앞으로 넘어지면서 이마를 크게 다친 풍두 노인은 한 손으로 피가 나는 이마를 누르면서 외쳤다.

"어서 노를 잡아! 이대로 끌려가면 위험하다!"

풍두 노인의 절규에도 불구하고 휘몰아치는 파도 때문에 뱃사람들은 노를 제대로 잡지 못했다. 기세등등하던 당주도 파랗게 질린 표정으로 소리를 질러 댔다.

"어서 배를 진정시켜라! 빨리!"

당주의 외침은 성난 바람에게 먹혀 버렸다. 삽시간에 독도로 끌려간 배는 풍두 노인의 말대로 물속에 있는 암초와 부딪쳤다. 배가 부서지는 소리와 함께 거대한 파도가 뱃전으로 치고 올라왔다. 파도가 만들어 낸 거품 사이로 사람들의 비명이 쓸려 내려갔다.

난간을 붙잡고 버티던 울지도 거센 파도에 밀려나고 말았다. 그대로 갑판으로 미끄러진 울지는 부서진 난간 조각과 함께 바다에 빠졌다. 바다에 빠지자마자 거대한 파도가 작디작은 울지를 휩쓸었다. 물에 빨려 들어가지 않기 위해 발버둥을 치던 울지는 입안에 들어온 물을 내뱉으며 외쳤다.

"으악! 아버지!"

다시 거대한 파도가 울지를 집어삼켰다. 큰 충격을 받은 울지는 정신을 잃고 말았다.

정신을 잃은 울지를 깨운 것은 따가운 햇살과 시끄러운 울음소리였다. 눈을 뜬 울지는 자신을 내려다보는 낯선 눈동자를 보고 기겁을 했다.

"뭐, 뭐야!"

바위 위에서 울지를 내려다보고 있던 것은 강치였다. 물범이라고도 불리는 강치는 독도의 암초 주변에 살았다. 우산국 사람들에게는 신령한 존재로 믿겨지고 있어서 먼발치서 바라보는 게 전부였다. 놀란 울지가 허둥거리자 강치도 놀랐는지 그대로 바닷속으로 뛰어들었다. 정신을 차린 울지는 풀어헤쳐진 머리를 묶으면서 주변을 돌아보았다.

"여긴 독도의 동쪽 섬인 것 같은데."

서쪽 섬이 좁고 뾰족하다면 동쪽 섬은 그나마 낮고 평평했다. 하지만 둘 다 우산도보다 훨씬 더 높은 절벽으로 이뤄져 있었다. 울지는 독도의 동쪽 섬 앞에 있는 부채 바위 쪽을 바라보았다. 타고 온 전선의 잔해들이 바위 앞 암초에 걸려 있는 게 보였다. 코끼리 바위는 어떻게든 피했는데 부채 바위의 암초에 걸렸던 것이다. 울지는 바다에 빠졌다가 파도에 쓸려 섬 앞의 암초까지 떠밀려 온 것 같았다.

"천만다행이었네. 나가는 파도에 쓸려 갔으면 지금쯤 물고기 밥이 되었겠지."

품속에 넣어 둔 단검은 그대로 있었다. 심호흡을 한 울지는 고개를 들어 독도를 올려다보았다. 아버지 니로와 함께 제사에 올릴 제물을 구하러 온 적이 몇 번 있어서 그나마 익숙했다. 바위로 된 절벽 사이로 작은 길들이 보였다. 잡고 올라갈 게 없어서 한 번이라도 미끄러지면 끝장이었다. 물에 빠지기도 전에 바위에 부딪혀서 산산조각 날 게 뻔했다.

"일단 올라가 봐야지."

하늘은 징그러울 정도로 화창해서 방금 전에 난파되었다는 사실조차 잊어버릴 지경이었다. 울지는 세 개의 봉우리가 나란히 서 있는 것 같은 꼭대기로 천천히 올라갔다. 절벽은 회백색인데 군데군데 이끼와 나무가 자라는 곳은 푸르렀다. 파도와 바람 때문인지 바위에는 크고 작은 구멍들이 뚫려 있었고, 그곳에 새들이 둥지를 틀었다. 날개를 펼친 채 하늘에 떠 있던 새들은 낯선 침입자 울지가 자신들의 둥지를 지나는 것을 경계하듯 바라보았다.

튀어나온 바위를 잡고 힘겹게 올라가던 울지는 겨우 꼭대기에 도달했다. 사람 몇 명 서 있을 정도 넓이의 꼭대기는 바람이 심하게 불어서 제대로 서 있기가 힘들었다. 겨우 바위에 기댄 울지는 멀리 희미하게 보이는 우산도를 보면서 방향을 가늠했다. 파도가 치는 섬 주변의 바위들을 살펴보면서 우해왕을 찾아보려고 애썼다. 독도는 그다지 크지 않은 데다가 바람이 세서 몸을 숨길 만한 나무 같은 게 보이지 않았다.

"안 보이네."

울지는 조금 더 잘 보이는 곳으로 올라갔다. 강한 바람이 불어오면서 몇 번이고 미끄러지거나 넘어질 뻔했다. 하지만 복수심에 가득 찬 울지는 발을 헛디디면서도 끝내 제일 높은 봉우리로 올라갔다. 푸르다 못해 창백한 독도 주변의 바다가 보였다. 바위에 부딪혀서 생긴 거품들이 흐느적거리며 떠도는 가운데 강치와 갈매기가 자유롭게 헤엄을 치거나 나는 중이었다. 하지만 어디에도 우해왕과 풍미녀는 보이지 않았다.

"이러다 해가 떨어지면 어쩌지?"

시간이 흐르자 복수심보다 홀로 독도에 남았다는 것에 대한 두려움이 더 커졌다. 바람이 거세지자 울지는 몸을 낮춘 채 피할 곳을 찾았다. 이끼와 풀이 있는 절벽을 조심스럽게 내려간 울지는 촛대 모양의 바위를 바라보면서 걸음을 내디뎠다. 올라올 때보다 더 위험했지만, 다행히 미끄러지거나 넘어지지 않고 아래쪽으로 내려갈 수 있었다. 파도가 거칠게 밀어닥쳤지만 적어도 눈을 뜨기 어려울 정도의 바람은 불지 않았다.

앉아서 다리를 쉴 만한 곳을 찾던 울지는 독도로 떠내려온 신라군의 시신을 발견했다. 파랗게 질린 얼굴에 눈을 부릅뜨고 있어서 마치 살아 있는 것 같았다. 그 앞에 쪼그리고 앉은 울지는 비로소 죽음이 실감 났다. 설사 복수를 한다고 해도 독도에서 살아서 나갈 방법은 없었다. 울지는 눈물을 글썽거렸다.

"아버지……."

그때 뒤에서 인기척이 느껴졌다. 놀란 울지가 일어나서 돌아보자 어둠 속에서 다시 부스럭거리는 소리가 들렸다. 바위 절벽이라고만 생각했는데 안쪽에 동굴이 있었던 것이다. 동굴 안에서 나온 것은 초췌한 모습의 우해왕이었다. 갑옷과 투구는 어디론가 없어졌고, 머리도 풀어헤쳐진 상태였다. 무엇보다 항상 번뜩이던 눈빛은 온데간데없이 사라졌고, 뒤틀리고 비틀린 눈빛만 남았다. 비틀거리며 나온 우해왕이 가느다란 목소리로 물었다.

"너는 역적이냐? 충신이냐?"

울지는 우해왕이 정신이 나간 것을 알아차렸다. 생애 처음으로 패배하고 나라를 빼앗겨 충격을 받은 것이다. 울지는 우해왕에게 접근할 기회를 노리기 위해 고개를 숙였다.

"저는 대왕의 충신입니다."

"정녕 그러하느냐?"

"그렇지 않고서야 어찌 여기까지 왔겠습니까? 무사하셔서 다행입니다."

"배가, 배를 타고 왔지. 그런데 풍미녀가 나를 버렸어. 몸종들과 함께 대마도로 돌아갔어."

그 얘기를 듣고서야 우해왕이 왜 그렇게 큰 충격을 받았는지 이해가 갔다. 아끼던 부인 풍미녀에게 버림받고 독도에 홀로 남겨졌으니 그럴 만했다. 울지는 고소하다는 생각과 함께 안타까운 마음이 들었다. 한때 동해의 지배자라고 자처했지만 지금은 독도라는 작은 섬에 버려진 신세가 되었기 때문이다. 그런 울지의 속마음을 아는지 모르는지 우해왕이 가까이 다가왔다. 신발도 없는 맨발은 바위에 긁히고 차였는지 피로 범벅이 된 상태였다.

"배와 병사만 있으면 다시 동해의 제왕이 될 수 있어. 아니, 아니야. 대마도로 풍미녀를 찾으러 가야 해. 가서 만나야 해."

어찌할 바를 모르고 횡설수설하던 우해왕은 헝클어진 머리카락을 마구 긁다가 손톱을 물어뜯었다. 울지는 그런 우해왕을 걱정하는 척하면서 다가갔다. 일단 저고리를 벗어 주는 척하면서 시선을 가리고 그 틈에 단검으로 공격할 생각을 했다. 아무리 미쳤다고 해도 울지보다 힘이 몇 배나 셌기 때문이다. 실수를 하면 죽을 수도 있다는 생각에 마른 침을 삼킨 울지가 말을 건넸다.

"안 추우십니까? 제가 저고리를 벗어 드릴 테니 입으십시오."

"고, 고맙다. 네가 바로 충신이로구나. 나와 같이 배를 타고 이곳을 빠져나가자."

"배, 배라고요?"

저고리의 고름을 풀던 울지가 놀라서 물었다. 그러자 우해왕이 자신이 나온 동굴 안을 가리켰다.

"저 안에 배가 있어."

"진짜요?"

"그럼, 예전에 니로가 가져다 놓은 배가 있어. 그걸 타고 대마도로 가서 풍미녀를 만날 거야."

어린아이처럼 웃는 우해왕을 보면서 울지는 아버지 니로 덕분에 살아 돌아갈 기회를 얻었다는 것을 깨달았다. 정신없이 웃는 우해왕에게 저고리를 벗은 울지가 다가갔다. 조심스럽게 기회를 노리는데, 위쪽에서 괴성이 들렸다.

"여기 있었구나!"

위쪽 절벽에서 모습을 드러낸 것은 함께 전선을 타고 온 신라의 당주였다. 갑옷은 갈기갈기 찢겨져 있었고, 머리에 큰 상처를 입어 얼굴은 온통 피범벅이었다. 한 손에는 부러진 칼을 들고 있었는데, 그걸 휘두르며 절벽을 내려왔다. 우해왕 역시 당주를 올려다보면서 소리쳤다.

"거짓말로 나의 모든 것을 빼앗아 간 이사부로구나! 어서 오너라!"

바람처럼 절벽을 내려온 당주는 훌쩍 몸을 날렸다. 우해왕은 위에서 떨어지는 당주와 함께 바다에 빠지고 말았다. 두 사람은 서로를 붙잡은 채 그대로 바닷속으로 가라앉았다. 울지는 우해왕이 다시 떠오를지 모른다는 생각에 한 손으로 단검을 잡고 바다를 노려보았다. 하지만 독도의 바다는 집어삼킨 두 사람을 끝끝내 내놓지 않았다.

허탈해진 울지는 단검을 바다에 던져 버리고는 우해왕이 있던 동굴 안으로 들어갔다. 통나무를 파서 만든 작은 배가 보였다. 잠깐 아버지 생각을 한 울지는 넘실거리며 동굴 안까지 들어온 물살을 헤치고 배를 끌고 나왔다. 그리고 밀려왔다가 빠져나가는 파도에 맞춰 배를 바다로 밀었다. 가벼운 통나무 배는 물살에 떠밀려 바다로 나아갔다.

배에 올라탄 울지는 바닥에 놓인 노를 들었다. 우산국으로 돌아가기 위해 열심히 노를 젓던 울지는 잠시 고개를 돌려 독도를 쳐다보았다. 푸른 바다 위에 외롭게 떠 있는 독도는 말없이 떠나는 울지를 바라보고 있었다.

지도 그리는 아이

•
•
•

장아미

Dokdo Anthology

| 일러두기 |

《세종실록지리지》에 지금의 울릉도와 독도에 대한 기록이 있다. 울릉도는 '무릉'으로, 독도는 '우산'으로 표기되어 있다. 이 작품은 조선시대를 배경으로 하기에, 울릉도는 '무릉', 독도는 '우산'으로 썼다.

"전해 듣기를, 그 섬의 이름은 우산(독도의 옛 이름)이라더구나."

외삼촌이 말했다.

초봄의 어느 날이었다. 연이는 누마루에서 외삼촌과 서안을 사이에 두고 마주 앉아 있었다. 벼루에서 풍기는 먹 냄새가 향긋했다. 바람이 조금 찬 듯했지만 연이는 이마저 싫지 않았다. 아침까지 내린 비로 댓돌은 젖어 있고 장독 뚜껑에는 빗물이 고여 있었다. 마당에서는 설기가 나비를 쫓아다녔다. 설기는 이름처럼 털이 희고 고운 강아지였다.

외삼촌이 입은 저고리의 소매에 먹물이 얼룩져 있었다. 외삼촌이 종이 위로 붓을 미끄러뜨리자, 아무것도 그려지지 않은 흰 바탕에 거센 파도가 일렁이는 바다가 생겨났고 곧이어 작은 섬들이 떠올랐다.

연이가 눈을 크게 떴다. 연이는 외삼촌이 부리는 재주가 늘 몹시 놀라웠다.

"언젠가 누군가 그 섬을 그려 주겠지? 지세를 살피고 산세를 견주겠지? 식생을 관찰하며 이곳저곳을 거닐어 보겠지? 두 눈으로 직접 보고 느끼고 경험하겠지? 연이야, 너는 그렇게 생각하지 않느냐."

외삼촌이 연이를 마주본 채로 다정한 미소를 지었다.

복숭아나무 가지 끝에서 참새 한 마리를 발견한 설기가 이것 좀 보라는 듯 컹컹 짖었다. 외삼촌이 자세를 바꿔 그쪽으로 돌아앉았다. 새 종이를 펴고 세필을 놀려 설기와 참새와 복숭아나무를 묘사하기 시작했다.

그렇지만 연이는 오래도록 기억에 담고 있었다. 외삼촌이 그린 그림을. 바다와 파도, 안개가 끼지 않는 날이면 무릉(울릉도의 옛 이름)에서도 볼 수 있다는 작은 섬, 우산을.

지금 연이가 서 있는 언덕에서는 우산은커녕 무릉조차 보이지 않았다. 여기는 섬들로부터 멀리 떨어진 육지니까. 더군다나

오늘은 날씨조차 잔뜩 흐렸다. 연이는 소공령 능선에 세운 대에서는 때때로 무릉의 모습을 확인할 수 있다는 이야기를 들은 적이 있었다.

연이가 바로 옆 소나무를 짚은 채로 발꿈치를 돋우었다. 동해는 활달하고 생기 넘치는 바다였다. 그래서인지 저 바다를 물끄러미 응시하고 있으면 키가 자라고 마음이 넓어지는 기분이 들었다.

소금 냄새가 묻은 바람을 한참 동안 맞고 있던 연이가 치마를 구기며 땅바닥에 주저앉았다. 보따리를 풀고 먹통이며 종이 따위를 꺼냈다. 바윗돌 위에 반듯하게 종이를 펼치고 마른 붓을 먹물에 적셨다. 바다를 등지고 고개 밑으로 내려다보이는 들과 내와 마을의 모양을 세심하게 살펴보았다.

외삼촌은 연이에게 일러 주었다.

"잘 보는 것이 먼저야. 화폭에 담으려면 먼저 그 모습을 애정을 품고 지켜봐야 하는 법이지."

냇물이 논 사이를 흘렀다. 늦여름, 들은 싱그러웠다. 완만한 동산에 에워싸여 있기는 했으나 마을은 해풍을 완전히 피할 수 없었다. 바다 건너 멀리에서부터 종종 세상 전체를 무너뜨릴 듯 난폭한 바람이 불어왔다. 그리하여 집들은 현명한 노인들이 고난에 맞서지 않고 그저 담담히 흘려보내는 것처럼 지붕을 낮추고 겸손하게 엎드려 있었다.

연이가 자세를 바로 하며 붓을 고쳐 쥐었다. 연이는 먹 냄새를 좋아했다. 한 번도 가 보지 못한 길을 따라 걸으며 반가워했다. 느릅나무 그늘에서 숨을 고를 때 손등에 우연히 내려앉은 무당벌레를 귀여워했다. 모래밭에 묻힌 조개껍질을 찾으며 즐거워했다. 낯선 것을 선택할 때 이겨내야 하는 두려움보다 그로 인해 얻을 수 있는 기쁨을 더 크게 받아들였다.

연이는 갑작스레 내린 비에 머리카락을 흠뻑 적신 채로도 웃음을 터뜨릴 수 있는 소녀였다.

그에 반해 동생인 남이는 조심성이 많고 까다로웠다. 어떤 일에 흥미가 동하는 즉시 뛰어들고 보는 누나와 달리 호두 한 알조차 손에 쥐기 전부터 꼼꼼하게 들여다보았다. 연이가 밖을 쏘다니는 것을 즐긴다면, 남이는 서책을 들고 대청마루에 걸터앉아 볕을 쬐는 순간을 가장 편안하게 여겼다.

비탈 아래로 반짝이는 내의 흐름을 곁눈질하던 연이가 다시 한번 붓끝을 먹물에 담그려다 말고 고개를 들었다. 근처 수풀에서 부스럭거리는 소리가 났다. 자세히 보니 언덕 끄트머리 절벽과 가까운 곳에서 뭔가가 움직이고 있었다. 연이가 붓 쥔 손을 내리고 그쪽을 주시했다.

산짐승일까. 토끼? 그도 아니면 설마 호랑이라든가.

겁에 질린 연이가 주춤거리며 몸을 일으키려는 찰나, 풀 속에서 어떤 형상이 불시에 튀어나왔다. 연이가 꽉! 하는 비명과 함께 엉덩방아를 찧었다. 그 탓에 붓이 흔들리면서 먹물이 사방에 튀었다.

"이게 뭐야."

소년이 얼굴에 묻은 먹물 방울을 닦으며 눈살을 찌푸렸다.

"어, 사람이었잖아?"

연이가 붓을 내려놓고 십년감수했다는 표정으로 가슴을 쓸어내렸다. 소년이 투덜거렸다.

"그럼 귀신일 줄 알았어? 이 대낮에."

"나는 혹시 범인가 해서."

연이가 그 애를 흘끔거렸다. 얼핏 연이와 비슷한 나이로 보이는 소년이었다. 어떤 일에 단련돼 있는지 몰라도 어깨며 팔이 튼튼해 보이는 데다 소매 밖으로 드러난 살갗이 까맣게 그을려 있었다. 누구지? 처음 보는 얼굴 같은데.

연이의 눈길을 의식했는지, 소년이 어색한 손놀림으로 저고리에 붙은 풀 이파리를 떼어 냈다.

"그런데 여기서 뭘 하고 있었던 거야?"

연이가 물었다.

"점심도 먹었겠다, 잠시 쉬고 있었지."

소년이 수풀 뒤 응달을 가리키며 말을 이었다.

"낮잠 자기 딱 좋은 장소거든. 나뭇잎이 쌓여 있어서 푹신하고, 나무 그림자 때문에 시원하고. 비탈이 져 있어서 누워 있어도 바다가 한눈에 내려다보이고. 그러는 너는? 달밤도 아닌데 무슨 시조라도 짓고 있었어?"

소년이 실실거리자 기분이 상한 연이가 인상을 팍 구겼다.

"아니거든. 나는 지도를 그리고 있었다고."

"지도?"

소년이 되물었다. 연이가 고개를 끄덕였다.

"응. 지도가 있으면 그 마을이 어떤 곳인지 알 수 있으니까."

그런 다음 치마를 추스르고 여기저기 풀어 놓았던 물건들을 챙기면서 덧붙였다.

"원래는 상지관, 상사와 함께해야 하는 일이지만 나는 혼자니까, 지형을 파악하고 방위와 거리를 재는 것까지 스스로 챙길 수밖에 없지. 그러다 보니 실제 모습과 차이가 나는 부분이 없지는 않아. 그래도 나는 정식 화원도 아닌 데다, 좋아서 하는 일이고."

종알종알 떠들던 연이가 불현듯 입을 다물었다. 누군지도 모를 남자애한테 내가 무슨 소리를 하고 있는 거야?

그런 연이의 속내를 아는지 모르는지 소년이 조심스럽게 옆으로 다가왔다.

"너 고개 아랫집에 살지?"

"어, 그런데 왜?"

"그게 있잖아……."

소년이 미적거리는 사이, 연이가 보따리를 끌어안은 채로 후다닥 자리에서 일어났다.

"나는 이만 가 볼게."

"그래, 잘 가."

소년이 미련이 남은 듯한 태도로, 그러나 선선히 손을 흔들었다. 오솔길을 내려가는 연이의 발걸음이 빨라졌다.

양지바른 벌판에서 소들이 풀을 뜯고 있었다. 연이는 늙은 농부가 김을 매며 뽑는 곡조에 귀를 기울였다. 그 소리에 장단을 맞추듯 누렁소가 느긋하게 되새김질했다.

강아지풀을 꺾어 쥔 연이가 맞은편에서 올라오는 지게꾼을 발견하고 얼른 몸을 숨겼다. 그가 사라지고 한참이 지난 뒤에야 다시 나와 주위를 두리번거리는가 싶더니, 방앗간 뒤쪽으로 난 좁은 길로 스리슬쩍 걸어 들어갔다. 두엄 냄새에 코를 쥐는가 하면 뱀을 쫓으려는 듯 기다란 나뭇가지를 집어 발아래를 두드리기도 하면서, 수풀을 지나고 밭둑 사이를 뛰어넘었다.

연이는 후원 쪽 담장을 통과해 집으로 돌아갈 계획이었다. 정확하게 말하자면 담장 아래에 난 구멍을 통과한다고 해야겠지만. 후원 모퉁이, 이끼가 낀 돌담 밑에는 이가 빠진 자리처럼 몸집이 조그마한 사람 하나 간신히 지나갈 법한 개구멍이 나 있었다. 그것이 연이가 집안 어른들의 눈을 피해 몰래몰래 밖을 드나들 수 있는 이유였다.

대문을 이용할 생각은 없었다. 그랬다가는 자유롭게 거리를 활보하기는커녕, 문턱을 넘기도 전에 방으로 끌려 들어가 하루 종일 수틀이나 붙들고 있어야 할지도 모르니까.

돌담 근처에 다다른 연이가 들고 있던 보따리를 던졌다. 담장 안에서 툭, 하는 다소 둔탁한 소리가 들렸다. 그래 봤자 먹통 하나 깨지는 게 다일 텐데, 뭘. 어깨를 으쓱인 연이가 구멍 앞에 밀어 둔 바윗돌을 치웠다. 그리곤 바닥에 납작 엎드리다시피 한 채로 구멍 안으로 힘껏 머리를 들이밀었다.

이번 나들이도 성공이군. 구멍에서 빠져나온 연이가 옷에 묻은 흙을 털면서 만족스러운 미소를 띠었다. 후원은 언제나처럼 조용했다. 연이가 바닥에 떨어진 보따리를 안아 올리려는 순간, 석류나무 뒤에서 누군가 불쑥 모습을 드러냈다. 연이는 깜짝 놀란 나머지 왁! 고함을 지르고 말았다.

"어딜 다녀온 거야? 아까부터 엄마가 찾고 있었는데."

발소리도 없이 나타난 사람은 다름 아닌 연이의 동생인 남이였다. 연이가 대놓고 툴툴거렸다.

"야, 기척 좀 내고 다녀. 엄마가? 무슨 일인데?"

"외삼촌이 오셨어."

"뭐? 외삼촌이? 전갈도 없이?"

"응, 그래서 엄마가 누나를 불러오라고……."

남이의 설명이 채 끝나기도 전에 연이는 들고 있던 보따리를 넘기고 잽싸게 달려 나갔다.

"이 짐을 나더러 어쩌라고?"

얼결에 보따리를 떠맡은 남이가 물었다. 연이가 외쳤다.

"나 대신 방에 좀 갖다 놔 줘. 고마워!"

등 뒤에서 뭐라고 투덜거리는 소리가 들렸지만 연이는 멈추지 않았다. 외삼촌, 외삼촌이 오셨다고? 연이의 눈망울이 기쁨으로 반짝였다. 도화서에 소속된 화원인 외삼촌은 연이가 마음 깊이 존경하는 어른이었다.

허둥지둥 마당을 가로지르던 연이는 그만 반갑다며 달려드는 설기를 걷어찰 뻔했다.

"미안, 설기야. 조금 이따가 놀아 줄게."

연이의 사과를 알아들었는지 흰 개는 컹컹 짖으며 물러났다. 뜀박질하던 속도 그대로 날 듯이 안채에 들이닥친 연이가 어머니가 기거하는 방의 문을 벌컥 열었다.

"외삼촌!"

어머니가 만면에 미소를 머금은 채로 연이를 타일렀다.

"얘는, 신부터 벗으려무나. 그러다 숨넘어가겠다."

"아, 죄송해요."

연이가 발을 털어 그때까지도 신고 있던 신을 댓돌에 떨어뜨렸다. 그 꼴을 바라보며 어머니가 못 말리겠다는 듯 긴 숨을 몰아쉬었다. 외삼촌은 어머니와 다과를 들고 있었던 듯했다. 찻잔을 놓고 두 팔을 벌리며 연이를 반겨 주었다.

"오냐, 우리 연이 왔느냐."

연이가 신나게 방으로 달려 들어갔다. 한발 늦게 안채에 다다른 남이는 다짜고짜 연이에게 눈부터 흘겼다. 연이는 그런 남동생을 못 본 척했다.

방 안에서 기분 좋은 웃음소리가 흘러나왔다.

그날 저녁상을 물리고 어머니와 외삼촌은 등잔불을 켜 놓고 도란도란 담소를 나누었다. 남이는 일찍부터 자기 방으로 건너간 반면, 연이는 끝까지 자리를 지키겠다고 버텨 어머니의 무릎을 베고 누워 반쯤 잠들어 있었다.

"이번에는 좀 오래 떠나 있어야 할 것 같아요."

외삼촌이 말했다. 모기도 쫓을 겸 연이에게 슬슬 부채질을 해 주며 어머니가 고갯짓했다.

"그래, 지난번에는 산사태에 휘말려 큰 화를 입을 뻔했다고 했지? 일이 일이니 만큼 험한 길도 마다하지 않아야 할 텐데, 부디 몸조심하고."

"저야 잘 다녀오겠지요. 그보다 누님이 걱정입니다. 몸이 이리 약하니."

"외삼촌, 가지 마세요. 우리랑 여기에 있어요, 제발요."

연이가 어머니의 치맛자락을 쥐고 잠꼬대했다. 어머니가 그런 연이의 뺨을 쓸어 주었다.

이튿날 아침, 외삼촌은 조반을 들기 무섭게 집안 어른들께 인사를 드린 다음 말을 준비시켰다. 연이는 흐르는 눈물을 어쩔 수 없었다. 대문 앞까지 따라 나와 저고리 소매로 연신 눈 밑을 찍었다.

말고삐를 붙들고 외삼촌이 연이에게 당부했다.

"연이야, 게으름 피우지 말고 그림 연습 열심히 하기다. 알겠지? 약속."

"네, 약속."

연이가 콧물을 훌쩍이며 갈라진 목소리를 냈다. 웃는 낯으로 좌중을 한 번 휘둘러본 외삼촌이 이랴, 소리를 내지르곤 말의 옆구리를 찼다. 연이는 외삼촌이 떠난 곳을 주시하며 한참 동안 굳은 표정을 풀지 않았다. 어머니가 연이를 달래려 애썼다.

"너무 서운해하지 말거라. 돌아오자마자 너를 만나러 오겠다고 약속까지 하지 않았니, 응?"

"엄마는 내 맘을 모르잖아요."

토라진 연이는 자신도 모르게 뾰족한 언사를 내뱉고 말았다.

"네 맘을 내가 왜 모르겠니? 나도 너희 외삼촌처럼 떠나고 싶었는걸."

후후 웃던 어머니가 남이를 데리고 안으로 걸어 들어갔다. 가슴에 따끔한 통증이 이는 것을 느끼면서 연이는 말없이 어머니의 뒷모습을 응시했다. 과거 어느 날 외삼촌이 해 준 이야기가 귓가를 울렸다.

"연이야, 네 어머니, 그러니까 내 누나는 세상 누구보다 재능이 넘치는 아이였단다. 나 같은 건 비교도 할 수 없을 만큼. 게다가 아주 용감했지."

그날 오후 내내 연이는 대청마루에 퍼질러 앉아 있었다. 붓에는 손도 대지 않았다. 흐린 눈으로 하늘에 떠다니는 먹구름을 좇으며 혼자만의 생각에 빠져 있었다. 외삼촌은 지금쯤 어디에 계실까. 벌써 여정을 시작하셨을까. 우리나라 방방곡곡을 돌며 살피는 그 길에서 무엇을 찾게 되실까. 외삼촌의 화폭에 담길 그림은 또 얼마나 호방하고 기개 높을까.

동시에 연이는 안방에 펼쳐진 병풍을 떠올렸다. 외삼촌이 말하기를, 8폭 병풍에 그려진 화훼도(꽃과 풀을 소재로 해 그린 그림)는 어머니의 솜씨라고 했다.

지난봄, 외삼촌을 졸라 누마루에서 서안을 앞에 두고 마주 앉았을 때 그의 붓이 스쳐 지난 종이 위에는 깊고 검은 바다와 위태로운 동시에 단단해 보이는 흰 섬들이 돋아났다. 파도가 출렁이는가 하면 바닷새들이 날아다녔다. 지켜보는 것만으로도 온몸에 전율이 이는 것 같은 경험이었다.

연이가 사는 이 바닷가 마을에서는 언제든지 쉽게 동해를 바라볼 수 있었다. 연이는 가끔 알고 싶어 못 견딜 것 같은 기분이 들었다.

저 너머에는? 막막할 정도로 드넓은 바다 끝에는 무엇이 존재할까? 돛배를 타고 멀리멀리 나가 볼 수 있다면 베갯머리에서 어머니가 들려주신 옛날이야기 속 용왕님과 만나게 될까. 바람을 일으키고 비를 흩뿌린다는 용님께 소원을 빌 수 있지 않을까.

연이의 눈치를 살피며 남이가 슬금슬금 엉덩이를 끌고 다가들었다. 그러고는 손에 쥔 접시를 앞으로 쓱 들이밀었다.

"누나, 약과 안 먹을래?"

"그래, 떠나는 거야!"

남이가 권한 약과는 본 체도 않고 연이가 뚱딴지같은 소리를 했다. 약과는 연이가 가장 좋아하는 간식이었지만 이 순간 머릿속은 한 가지 목표로 가득 차 있었다. 다른 무엇도 끼어들 틈이 없었다.

"뭘? 어딜?"

약과를 우적거리며 남이가 심드렁하게 물었다. 연이는 남이의 질문은 들은 척도 않고 제 할 말만 했다.

"남이야, 너도 같이 가자."

"미안, 뭔지 모르겠지만 나는 빼 줘."

"그래? 그럼 네 옷이라도 좀 빌려주든가."

단맛이 나는 손가락을 핥으면서 남이가 인상을 썼다.

"내 옷은 왜? 어디다 써먹으려고? 지난번에 불 그림을 그리겠답시고 짚단에 불을 붙였다 들켰을 때 내 핑계를 대서 얼마나 곤란했는데."

남이의 힐난에도 연이의 표정은 시종일관 단호하기만 했다.

"전에 하인들끼리 하는 이야기를 엿들었는데, 무릉 근처까지 고기잡이를 나가는 배들이 있대. 날씨가 좋은 날에는 무릉에서 우산이 보인다니까 두 섬은 그렇게 멀지 않을 거야. 응, 확실해. 나 포구에서 고깃배를 타려고. 어떻게든 우산에 다다를 기회를 잡을 거야."

"우산이라고? 그 섬이 진짜 있기는 한 거야? 그런 얼토당토않은 생각을 하게 된 이유가 뭐야?"

"나는 그 섬의 지도를 그리고 싶어."

연이가 남이의 눈을 똑바로 쏘아보며 말했다.

"남이야, 나는 있지, 안 된다는 소리를 너무 많이 들었어. 매일매일, 질릴 정도로. 그래서 이번에는 스스로에게 직접 말해 주려고. 네가 하고 싶은 대로 해 보라고. 한 번쯤은, 마음껏."

말문이 막힌 듯 입술만 달싹이던 남이는 끝내 아무 말도 보태지 못했다. 연이가 댓돌로 내려가 신을 찾아 신었다. 홀로 남은 남이가 약과를 입안에 넣고 우물거렸다.

꿀을 넣어 만든 과자가 달기는커녕 이상할 만큼 쓰고 텁터름하게 느껴졌다.

이튿날 새벽, 부지런한 새들이 일찍부터 깃털을 가다듬고 꽃들이 움츠리고 있던 봉오리를 조금씩 틔울 무렵, 언덕 아래 기와집은 안개에 휩싸여 있었다.

마루에서 어렴풋한 발소리가 들리더니 건넌방의 미닫이문이 밀려 나갔다. 달빛을 등지고 선 까닭에 문 너머에 있던 사람의 형상이 검었다. 문이 탁 닫혔다. 자신이 낸 소리에 제가 더 놀란 듯 움찔거리던 불청객이 이내 마음을 가다듬은 듯 까치발을 한 채로 살금살금 궤 앞으로 걸어갔다.

어둠 속에서 침입자가 옷궤를 더듬고 있을 때, 잠들어 있나 싶었던 남이가 스르르 몸을 일으켰다.

"아침잠도 많으면서. 일찍도 일어났네."

화들짝 놀란 연이가 가슴께에 손을 얹고 안도의 한숨을 쉬었다.

"간 떨어질 뻔했네. 왜 일어나 있으면서 자는 척이야?"

이불을 젖히고 앉은 남이는 외출을 앞둔 것처럼 반듯하게 의복을 차려입고 있었다. 옅은 빛 속에서 그 모습을 확인한 연이가 반색하며 물었다.

"설마, 같이 가려고?"

남이가 쑥스러운 듯 눈을 내리깔고 툴툴거렸다.

"누나 혼자 보내 놓고 내가 어디 불안해서 발이나 뻗고 있겠어? 집에서 안절부절못하고 있느니 그냥 따라나서고 말지. 갖고 가야 할 물건들은 다 챙겼어?"

"응. 붓이랑 종이랑 먹통, 물이랑 음식이랑 윤도(전통 나침반)까지 빠뜨리지 않고 보따리에 넣었어."

"그런데 꼭 내 옷을 입어야겠어?"

그렇게 물으면서도 남이는 벌써 옷궤를 열고 있었다.

"아무래도 남자 옷을 입는 게 움직이기 편할 테니까. 더 안전하기도 할 거고."

“여기 이 저고리와 바지를 입어. 대충 맞을 거야. 나는 나가 있을게.”

“응, 고마워!”

연이가 기쁨에 차 목소리를 높였다. 집게손가락을 입술 앞에 갖다 댄 남이가 나직이 속삭였다.

“저기 서안에 놓인 종이 보이지? 혹시 몰라 어제저녁에 미리 서신을 써 놨어. 부모님도 우리가 어디에 갔는지 정도는 아셔야 하니까. 뒷산을 오를 때처럼 아무에게도 들키지 않고 몰래 돌아올 수 있는 수준의 일이 아니잖아. 누나, 각오는 하고 있어? 돌아와서 엄한 벌을 받아야 할지도 모르는데.”

“그 정도 각오는 하고 있다고.”

연이가 주먹을 불끈거렸다. 그 꼴을 가만히 바라보던 남이가 맥 빠진 말투로 중얼거렸다.

“나도 내가 무슨 짓을 하고 있는지 모르겠다. 하여간, 이따 봐.”

남이가 나가고 연이는 치마저고리를 벗고 남동생이 내어 준 옷으로 갈아입었다. 대님을 매고 옷고름을 가다듬은 뒤 방문을 열자, 남이가 재미있다는 표정을 지으며 다가와 이모저모를 뜯어보았다.

“왠지 나랑 비슷하잖아?”

연이가 남이의 어깨를 툭 건드리며 되받아쳤다.

"당연하지. 우리는 남매인걸. 어서 가자."

정적에 감싸인 안채와는 다르게 하인들이 거처하는 행랑채에는 이미 불이 밝혀져 있었다. 바람이 불 때마다 나뭇잎이 나부꼈고 그럴 때마다 어둠의 모양이 미묘하게 바뀌었다.

연이가 무릎을 꿇고 엎드려 돌담 아래에 난 구멍에 머리를 넣으려고 할 때, 어디선가 컹컹 하는 소리가 들렸다. 남이가 뒤를 돌아보았다. 설기가 남매를 올려다보며 좌우로 힘차게 꼬리를 흔들고 있었다.

휴우, 날숨을 몰아쉰 남이가 눈치라곤 없는 흰 개를 나지막히 꾸짖었다.

"조용! 지금은 너랑 놀아 줄 때가 아니라고."

설기가 다시 한번 컹컹 짖었다. 모골이 송연해진 남이가 쉬이이잇, 경고하는 소리를 냈다. 연이가 재빠르게 나무 밑에 떨어진 가지 하나를 집었다.

"옛다, 주워 와."

연이가 나뭇가지를 던지자 설기가 이를 쫓아 수풀 속으로 뛰어들었다. 연이가 부랴부랴 개구멍으로 기어들어 갔고 남이가 뒤따랐다. 둘은 함께 바윗돌을 밀어 구멍을 막았다. 담장 저편에서 설기가 낑낑거리는 소리가 들렸다.

연이가 남이를 향해 턱짓했다. 먼동이 트는 하늘 아래, 둘은 서둘러 고갯길을 따라 내려갔다.

이른 시각임에도 포구는 비어 있지 않았다. 새벽같이 일어난 부지런한 어부들이 삼삼오오 모여 고기잡이 준비에 한창이었다. 연이가 호기심 어린 눈초리로 그물을 다루는 그들의 손놀림을 관찰했다. 마음 같아서는 이건 어디에 쓰는 물건이고 저건 어디에 쓰는 물건인지 꼬치꼬치 캐묻고 싶었지만 그럴 수 없다는 것이 아쉬울 따름이었다.

반면, 남이의 안색은 어두웠다. 어른들이 정한 규칙을 어긴 적이 거의 없는 이 소년은 뒤늦은 근심 걱정에 사로잡혀 있었다. 자기 일에 바빠서인지 일꾼들 중 누구도 비단옷을 빼입고 포구를 어슬렁거리는 앳된 도령들에게 눈길을 주지 않는다는 것이 그나마 다행이었다.

연이가 사방을 경계하며 잔뜩 신경을 곤두세우고 있던 동생을 붙들어 세웠다.

"그래, 저 배가 좋겠다. 저 배에 타는 거야."

연이가 가리킨 건 모래밭에 정박해 있던 고깃배였다. 배의 크기는 아담했고 선체 곳곳이 짠물에 삭아 검어져 있었지만 연이의 눈에는 하나뿐인 돛대조차 하늘을 찌를 듯 위풍당당해 보였다.

"어디로 가는 배인 줄 알고?"

남이의 눈가에 근심이 가득했다.

"그야 모르지. 바다에 나가면 어떻게든 해결될 텐데."

태평하기 그지없는 연이의 대답에 남이가 어이없다는 듯 입을 떡 벌렸다. 그런 남이를 내버려 두고 연이가 혼자 휘적휘적 배를 향해 걸었다. 남이가 연이를 말렸다.

"누님, 아니, 형님, 그렇게 막무가내로 굴지 말고 뭐 하는 배인지 알아나 봅시다. 그런 다음 다시 계획을 짜 보자고요, 네?"

"아우님, 그럴 시간이 어디 있습니까. 일단 타고 보자니까요."

형제, 아니, 남매는 옥신각신 다투었다. 그때 곰방대를 문 뱃사람이 둘에게 다가와 점잖게 말을 걸었다.

"남의 배 앞에서 뭣들 하시는 겁니까."

연이가 아뿔싸 하는 표정으로 입을 다물었다. 남이가 더듬거렸다.

"저기, 어르신, 그게 말입니다."

"거, 복색을 보아하니 부잣집 도련님들 같은데 갈 길이나 가시지요. 여기는 엄연한 일터입니다. 할 일 없는 도련님들이 노닥거리는 곳이 아니라는 말씀입니다."

"어르신, 죄송합니다. 참말로 죄송합니다."

허리를 꾸벅거린 남이가 연이를 데리고 얼른 그 자리를 떴다.

그러나 연이는 뭐가 그렇게 불만인지 시종일관 뚱하니 볼을 부풀리고 있었다. 심지어 제 팔을 잡은 동생의 손을 뿌리치며 발을 구르기까지 했다.

"아깝다, 성공하기 직전이었는데!"

성공은커녕 남의 배에 허락도 없이 침입한 죄로 관아에 끌려가지 않은 걸 다행으로 여겨야 할 것 같은데. 남이가 콧등을 찌푸린 채로 신에 들어간 모래를 털었다. 순간 연이가 어, 어 하는 소리를 내면서 어딘가를 가리켰다.

남이가 그쪽을 향해 시선을 던졌다. 거기에는 흰 겉옷을 입은 소년이 서 있었다.

"어, 너는?"

연이와 눈이 마주친 소년이 고개를 갸웃거렸다.

"어디서 본 적 있는 얼굴인데."

흠, 헛기침을 한 연이가 목소리를 깔았다.

"뉘신지 모르겠지만 사람을 잘못 보신 것 같소만."

그때 남이가 반가운 시늉을 하며 소년에게 달려갔다.

"형우 형님! 이런 곳에서 형님을 만나다니. 그동안 어떻게 지냈어요?"

"뭐야, 둘이 아는 사이였어?"

연이가 어안이 벙벙해 둘을 번갈아 바라보았다.

"당연하지. 형님 아버님이 우리 아버지와 막역한 사이잖아. 우리 집에 놀러온 게 몇 번인데. 요사이에야 좀 뜸했지만."

그렇게 말해 놓고 남이는 픽 코웃음을 흘렸다.

"하긴, 누나는 집에 제대로 붙어 있질 않으니."

당황한 연이가 남이를 노려보았다. 그제야 자신의 말실수를 깨달은 남이가 헉 하는 소리와 함께 입술을 틀어막았다. 형우가 대충 짐작이 간다는 듯 눈을 가늘게 떴다.

"그래, 왠지 만난 적 있는 것 같다 했는데 너였구나. 남이 네 누나 맞지? 이름이 연이라고 했던가. 그런데 왜 남장을 하고 있는 거야?"

"형님, 그게, 설명을 하자면 복잡한데 말입니다."

남이가 우물거렸다. 그런 동생의 말꼬리를 자르며 연이가 앞으로 걸어 나왔다.

"우리는 우산에 갈 거야."

"뭐? 우산?"

형우가 팔짱을 끼고 되물었다. 연이는 기죽은 기색일랑 전혀 없이 머리를 주억거렸다.

"응, 동해에 있는 작은 섬이지. 무릉에서는 맑은 날 우산의 모습을 볼 수 있대."

"무릉, 그리고 우산이라……."

"나는 우산의 지도를 그리고 싶어. 지난봄, 외삼촌에게 그 섬에 대한 이야기를 전해 들은 후로 내 소망은 한결같이 바다 건너에 있었어. 그 섬을 꿈꿨어. 나는 우산에 갈 거야. 내 눈으로 직접 그 섬의 풍광을 확인하고 종이에 옮기고 싶어."

연이의 눈동자가 이채로 반짝였다. 형우는 그것이 단순히 아침 별 때문인지 궁금했다. 형우가 가슴 앞에서 마주 끼웠던 팔을 풀면서 결론 내렸다.

"좋아, 그럼 나도 같이 가게 해 줘."

"네? 그게 무슨 소리예요?"

연이가 뭐라고 대꾸하기도 전에 남이가 기겁해 외쳤다.

"형님이, 왜요?"

"그야, 재미있을 것 같으니까? 거저 따라붙겠다는 건 아니고, 배편과 관련된 문제는 내가 해결해 줄 수 있어. 따라와."

형우가 손짓했다. 난데없는 행운에 기가 산 연이가 졸랑졸랑 그를 따라 걸었다.

"아니, 저기 잠깐만, 같이 좀 가자고요, 네?"

남이가 목에 핏대를 세우며 둘을 뒤쫓았다.

형우가 향하는 바닷가에 배 한 척이 떠 있었다. 방금 전 연이가 타자고 주장했던 고깃배와 비슷한 크기, 비슷한 구조의 목선이었다. 형우는 곧장 그 배에 올랐다. 연이와 남이가 쭈뼛거리며 그와 함께 승선했다.

선상에는 한 사내가 초립으로 낯을 가린 채로 드러누워 있었다. 밝아 오는 빛이 뱃전으로 비스듬하게 내리 쏟아졌다. 사내가 입맛을 다시며 잠꼬대했다.

"음냐, 뭣부터 먹어야 하나."

형우가 단잠에 빠진 사내를 잡고 흔들자, 가뜩이나 삐뚤어져 있던 초립이 사내의 얼굴에서 데구루루 굴러떨어졌다.

"이보게. 얼른 일어나 보게."

"아, 도련님? 오늘은 일찍 나오셨네요?"

입가에 흐른 침을 닦으면서 사내가 주섬주섬 일어났다. 몸동작에 넉살이 배어 있는 것이 연배가 제법 있는 사람이다 싶었는데, 가까이에서 모습을 보니 몹시 젊은 남자였다.

"일각만 늦게 깨우셨으면 그 요리를 맛볼 수 있었는데. 산해진미를 앞에 두고 잠에서 깨다니, 이렇게 분할 수가."

사내가 부르르 주먹손을 떨었다. 형우가 장난스럽게 맞받아쳤다.

"그것 참 아쉽게 됐군. 그나저나 정수, 자네 어젯밤에도 배에서 잠을 청한 건가."

"물론입죠. 저는 배를 떠나서는 살 수 없는 몸인걸요."

정수라고 불린 청년이 초립을 털어 쓰며 너털웃음을 터뜨렸다. 그를 향해 허리를 굽힌 형우가 이내 진지한 태도로 물었다.

"곧 배를 띄울 수 있겠는가."

"도련님께서 분부만 하신다면야. 친우 분들과 더불어 바닷바람이라도 쐬실 생각이십니까."

"자네, 언젠가 내게 우산이라는 섬에 대해 알려 준 적 있지 않은가. 내 직접 그 섬으로 가 보려고 하네."

형우의 입에서 나온 말에 정수는 얼마간 놀란 눈치였다.

"못할 건 없겠습니다만. 그런데 우산에는 무슨 일로?"

"그 섬에 가 보고 싶어. 그게 다네. 사례는 충분히 하겠네. 우리를 거기까지 태워다 줄 수 있겠나."

"뭐, 좋습니다. 마침 몸이 근질근질하던 참이었는데. 바람도 알맞게 불고. 이런 날이 자주 오는 건 아니니까요. 허나 도련님, 사례를 충분히 하겠다는 약속은 지키시는 겁니다."

초립의 끈을 매며 정수가 다시 한번 형우를 다짐시켰다.

"그럼, 그렇고말고."

흔쾌히 대답한 형우가 몸을 돌려 연이와 남이에게 귀띔했다.

"정수는 걸음마를 갓 뗀 무렵부터 배에서 살다시피 해서 바다를 읽는 솜씨가 뛰어나지. 이런 일을 맡길 사람으로 정수만 한 인물을 찾기는 힘들 거야. 그것만큼은 보장할 수 있어."

"너는 그걸 어떻게 아는 거야?"

연이가 물었다. 예상치 못한 질문에 당황한 듯 형우가 얼버무렸다.

"그, 그게, 내가 이쪽에 관심이 좀 있어서."

연이야 까맣게 모르고 있었지만, 사실 형우의 아버지는 이 일대 곡식의 출하와 유통을 좌지우지하는 거상이었다. 연이 남이 남매의 아버지와는 같은 스승 아래 글공부하던 시절부터 가깝게 지냈다. 형우는 장사라는 것이 뭔지 알지 못하던 시절부터 먼 훗날 자신이 가업을 물려받아야 한다는 소리를 귀에 못이 박히도록 들어왔다.

하지만 형우의 관심은 황금빛 들과 곳간, 비단옷에 있지 않았다. 그는 쌀가마니를 그득 실은 수레의 행렬과는 전혀 다른 풍경에 가슴이 두근거리는 것을 느꼈다.

형우는 바다를 동경했다. 그의 마음 한편에는 끝없이 펼쳐진 대해 어딘가에 자신의 미래가 있으리라는 근거 없는 믿음이 싹트고 있었다. 형우의 살갗이 검게 탄 이유도 거기에 있었다. 형우는 여름 내내 정수에게서 배를 다루고 물길을 들여다보는 법을 배웠다.

배에서 뛰어내린 정수가 해안가 바윗돌에 묶어 놓은 줄을 풀면서 목소리를 돋우었다.

"명심해 두셔야 할 겁니다. 우산은 쉽게 오갈 수 있는 섬이 아니에요. 동해 용왕님은 너그러운 분이지만 그럼에도 바다는 언제나 갑자기 고약해질 수 있어요. 더군다나 임금님께서 왜의 침입에 대비해 섬을 비우라고 명하신 이후로 우산은 물론이고 무릉에도 더는 사람이 살지 않아요. 때때로 몰래 숨어 들어가는 이들은 있을지 몰라도요. 만에 하나 조난당할 위험에 처한다고 해도 여간해서는 도움을 얻기 힘들 거라는 뜻입니다."

허리에 손을 얹고 정수가 이전과 전혀 다른 눈초리로 아이들을 응시했다.

"하루 이상을 꼬박 가야 하는 길입니다. 천신만고 끝에 섬이 보이는 곳에 간신히 다다른다고 해도 파도가 거세 닻을 내리지 못하는 불상사가 벌어질지도 몰라요. 고생을 넘어 자칫 목숨이 위태로워질 수도 있고요. 그래도 가셔야겠습니까?"

셋 중 누구보다 먼저 입을 연 건 연이였다.

"그래."

연이가 결의에 찬 태도로 고개를 주억거렸다.

"가고 싶구나. 가야 한다. 갈 것이다, 반드시."

"그렇단 말이지요."

그런 연이를 주시하면서 정수가 씩 웃었다. 그런 다음 날랜 몸동작으로 선상에 뛰어 올라가 배 곳곳을 점검했다. 파도에 떠밀린 배가 이전과 비교도 할 수 없을 만큼 거칠게 요동치자,

남이가 겁에 질려 바닥에 주저앉았다.

"어어, 움직인다, 움직여."

남이가 중얼거린 대로였다. 돛을 펼친 목선이 물살을 헤치며 슬슬 나아가기 시작했다.

남이는 하얗게 질려 난간을 움켜쥐었다. 모래밭에서 조개를 캐던 사람들이 배를 향해 뭐라고 고함을 질렀다. 고물에 서서 노를 젓던 정수가 휘파람을 섞어 이에 화답했다. 연이의 귀에는 그것이 생경하지만 명백한 어떤 신호처럼 들렸다.

뭍이 점점 더 멀어졌다. 연이는 그제야 자신이 터무니없는 짓을 저지르고 있는 건 아닐까 하는 의문이 들었다. 그러다 이를 악물고 절레절레 고개를 저었다. 이렇게라도 하지 않으면 어떻게 한 번이라도 집을 떠나 볼 수 있겠어? 평생 방에 틀어박혀 화초나 키우며 살아야 할지도 모르는데.

남서풍이 불었다. 바람의 힘이 거세어졌다. 무명천으로 만든 돛이 팽팽해졌다. 입을 꾹 다문 남이가 구토라도 할 것처럼 뺨을 씰룩거렸다.

반면, 형우는 아무렇지 않아 보였다. 그 소년은 바다 위에서 더없이 편안해 보였다. 그건 연이 역시 마찬가지였다. 연이가 가지고 있던 보따리를 풀어 육포를 나눠 주었다. 예기치 않게 일행이 늘어 먹을 것이 부족할 것을 걱정하는 연이에게 정수가 말했다.

"음식이 떨어지면 낚시를 할 수도 있고요. 식수는 넉넉하게 실어 놓았으니 걱정하지 마십시오."

육포 조각을 질겅이며 정수가 먼 바다로 눈길을 던졌다. 남이는 뱃멀미를 하느라 물 한 모금 제대로 삼키지 못했다. 난간에 매달려 구역질하다 마침내는 축 늘어졌다.

"우리 제대로 가고 있는 거겠지요, 그렇지요?"

헉헉거리던 남이가 누구에게랄 것 없이 물었다.

"아무렴요, 도련님. 배에 오르신 이상 뱃사람을 믿으셔야지요."

싹싹하게 대답하기는 했으나 정수의 말소리에는 너 같은 샌님이 뭘 알겠느냐는 힐난이 섞여 있는 듯했다. 형우와 정수가 바람의 방향과 물의 흐름에 대해 몇 마디를 나누었다. 흰 구름이 떠 있는 하늘이 물거품이 인 바다 같았다. 그런가 하면 파도가 출렁이는 바다가 탁 트인 하늘처럼 보이기도 했다.

배는 순풍을 받아 거침없이 전진했다. 남이 옆에 쪼그려 앉아 등을 쓸어 주던 연이가 보따리를 뒤적이더니 뭔가를 끄집어냈다.

"이걸 봐."

남이가 눈을 게슴츠레하게 뜬 채로 연이가 내민 물건을 내려다보았다.

"우리는 동쪽으로 가고 있어. 확실해. 안심해도 돼."

머리를 끄덕이는가 싶던 남이가 우욱 소리를 내면서 뱃전에 달라붙었다. 형우가 연이에게 다가왔다.

"처음 보는 물건인데. 뭐야?"

"윤도라고, 방향을 알려 주는 역할을 하지."

"윤도?"

"응. 외삼촌한테 선물 받은 거야. 외삼촌은 도화서에 소속된 화원이거든. 그림 솜씨가 아주 뛰어나시지. 나한테 지도 그리는 법을 알려 준 것도 외삼촌이야."

어깨를 으쓱거린 연이는 형우가 더 자세히 들여다볼 수 있도록 손바닥에 놓인 물건을 들어 보였다. 동그란 나무판의 한가운데 지남침(나침반의 바늘)이 붙어 있고 그 둘레에는 방위와 절기, 팔괘와 십간 따위가 빽빽하게 새겨져 있었다.

연이가 설명을 계속했다.

"이 바늘이 지남침이야. 지남침은 항상 남과 북을 가리키지. 뒤쪽 판에 방위가 적혀 있는 게 보이지? 지남침의 양쪽 끝이 판 위의 남북과 일치하도록 놓으면 우리가 어디로 향하고 있는지 알 수 있게 돼."

"그렇구나."

원형의 나무판에 적힌 글자들을 눈으로 더듬으며 형우가 고개를 끄덕였다. 정수가 스리슬쩍 대화에 끼어들었다.

"저희는 지금 해가 뜨는 쪽 바다를 향해 나아가고 있습니다. 그게 어디겠습니까? 동녘이지요. 밤에는 별을 올려다보며 방위를 헤아리고요. 뱃사람들의 지혜랍니다."

그때 연이가 이맛살을 찌푸리며 수평선 근처를 가리켰다.

"저게 대관절 뭐지?"

정수가 눈을 들어 그곳을 주시했다. 잔뜩 긴장한 입매가 일그러져 있었다. 남이마저 토악질을 멈추고 흐리멍덩한 눈을 끔뻑이며 탄식했다.

"맙소사."

정수의 목소리가 떨렸다.

"용왕님이십니다."

키를 잡은 그의 손등에 힘줄이 불거졌다.

"용왕님, 동해 용왕님께서 납시었어요."

그제야 형우의 귀에도 우르릉, 하고 어렴풋한 천둥소리가 잡혔다. 먼바다의 짙푸른 수면 아래에서 괴수가 솟구쳐 오르고 있었다. 그 위로 먹구름이 자욱하게 깔려 있었다.

용이 승천하고 있었다. 거대한 물기둥, 용오름이었다.

"동해의 왕이시여, 용왕님이시여, 저희가 이 바다를 무사히 건널 수 있도록 자비를 베풀어 주소서."

정수가 빌었다. 아이들이 그를 따라 기도하는 동작을 취했다. 연이 역시 두 손을 모았다. 그러나 다른 소년들처럼 겁에 질려 눈을 감는 대신 등을 쭉 펴고 머리를 곧게 세웠다. 그 순간 연이의 눈동자에 떠오른 감정은 공포가 아니었다. 경의 그리고 환희였다.

'용왕님이 나타나셨어. 용왕님, 동해 용왕님을 내 눈으로 직접 뵙게 되다니!'

그러는 동안 흰 물기둥은 섬광을 번뜩이며 구불구불하게 휘돌아 인간의 눈이 닿지 않는 곳으로 천천히 멀어져 갔다. 용오름이 사라진 후에도 걱정스러운 눈초리로 한참 동안 하늘빛을 관찰하던 정수가 아이들을 불렀다. 정수의 낯빛이 대단히 어두웠다.

"곧 비바람이 들이닥칠 듯합니다. 방비를 단단히 해야 할 것 같습니다."

정수가 형우를 시켜 돛을 내리도록 했다. 형우가 제법 능숙한 손놀림으로 줄을 당겼다. 활짝 펼쳐진 돛이 접혔다. 아니나 다를까, 맑았던 하늘이 캄캄해졌다. 빗방울이 하나둘 떨어진다 싶더니 이윽고 걷잡을 수 없이 굵어졌다. 빗줄기가 뱃전을 두들기는 소리가 요란했다.

어찌할 바를 모르고 발만 동동 구르던 연이가 뱃전에 접어 두었던 거적을 펴며 손짓했다.

"얘들아, 여기로 와. 얼른."

도롱이를 껴입은 정수가 거적 밑에 웅크리고 앉은 아이들을 향해 소리쳤다.

"걱정하실 것 없습니다. 이 몸만 믿으십시오."

센바람 속에서 배는 가랑잎처럼 나부꼈다. 연이는 목뒤를 타고 흐르는 빗방울을 느꼈다. 어찌나 겁이 나는지 어금니가 달그락거릴 지경이었다. 남이 역시 뱃멀미를 뛰어넘은 두려움에 시달리는 듯 연신 끙끙거렸다. 연이가 동생의 어깨에 팔을 둘러 그를 꽉 끌어안았다. 왼쪽 어깨에서 형우의 체온이 느껴졌다.

드넓은 바다에서 맞는 폭풍우는 뭍에서 맞닥뜨리곤 했던 것과는 비교도 할 수 없을 만큼 난폭했다. 남이는 무릎 사이에 얼굴을 파묻고 실신하다시피 곯아떨어졌다. 연이는 잠들지 못했다. 형우 역시 그런 듯했다.

거적을 뒤집어쓴 채로 바람의 비명과 파도의 포효에 진저리치다 어둠 속에서 형우와 눈이 마주쳤을 때, 연이가 작게 속삭였다.

"괜찮을 거야. 용왕님께서 우리를 지켜 주실 테니까."

내내 깨어 있던 연이가 깜빡 졸다 일어났을 무렵, 비는 그쳐 있었다. 새벽 동이 터 있었다. 형우는 연이의 팔에 뺨을 대고 잠들어 있었다. 연이가 부드럽게 형우를 밀어 남이와 기대앉게끔 했다. 정수는 그때까지도 배 후미에서 키를 쥐고 있었다.

“도련님과 저는 조선 땅에서 누구보다 먼저 해가 뜨는 광경을 지켜보고 있는 걸지도 모릅니다. 이 바다 역시 엄연한 조선의 강토니까요.”

간밤을 꼬박 지새운 그의 눈동자 속에서 붉은 기운이 일렁였다. 연이 역시 그와 같은 쪽을 향해 섰다. 그러다 열어지는 안개 너머로 점차 또렷해지는 섬을 발견하고 온몸에 전율이 끼치는 것을 느꼈다.

“왔구나, 그 섬에. 결국에는.”

잠에서 덜 깬 형우가 눈을 비비며 이물로 걸어 나왔다. 난간에 손을 얹은 그가 혼이 나간 듯 중얼거렸다.

“설마 우산인가. 우리가 진정 우산에 도착한 건가.”

“네, 도련님. 용왕님께서 저희를 보살펴 주신 것이 분명합니다.”

손바닥을 마주 댄 정수가 고개를 조아렸다. 수평선 인근에 거무스름한 윤곽을 드러낸 돌섬이 보였다. 섬 주위 바다에 기암괴석들이 솟아올라 있었다. 그 모습이 흡사 전설 속에 등장하는 맹수들 같았다. 이방인이 함부로 침입하지 못하도록 긴

세월 같은 자리에서 그 섬을 지키고 있는 듯했다.

괭이갈매기들이 끼룩끼룩 울면서 돛 주위를 날아다녔다. 잔뜩 긴장한 채로 배를 몰던 정수가 당장의 위기에서 벗어난 듯 땀이 밴 이마를 훔치곤 한층 밝아진 낯을 들었다.

"다행히 하선이 가능할 것 같습니다. 저희는 서쪽 섬에 내리도록 하겠습니다."

목선은 급류에 휩쓸리거나 암초에 부딪히는 일 없이 무사히 모래톱에 올라앉았다. 정수가 근처 바위에 줄을 매 배를 정박시켰다. 연이와 형우, 남이가 차례로 섬에 발을 내디뎠다.

간밤의 비바람이 무색하게 그날은 이른 아침부터 날씨가 무척 화창했다. 연이는 그제야 그들이 어제 점심 이후로 아무것도 입에 댄 바 없다는 사실을 떠올렸다. 연이가 보따리를 풀었다. 넷은 물을 듬뿍 마셨고 육포와 누룽지, 약과 따위를 손에 잡히는 대로 나눠 먹었다. 남이는 아껴 먹던 육포 한 조각을 갈매기에게 빼앗길 뻔하는 수난을 겪기도 했다.

허기를 어느 정도 채운 정수가 모래밭에 철퍼덕 드러누웠다. 초립을 벗어 얼굴에 얹더니 만사가 귀찮다는 듯 휘휘 손을 저었다.

"저는 여기서 잠이나 청하고 있겠습니다. 도련님들은 일들 보세요."

그러자 기다렸다는 듯 남이가 그의 옆에 털썩 엉덩이를 던지며 선언했다.

"나도. 안 움직일 거야. 쉬고 싶어."

"정말로? 같이 안 가고?"

연이가 짐을 꾸리던 손길을 멈추고 물었다.

"어, 괜찮아. 아니, 안 괜찮아. 몰라, 모르겠어."

남이가 도리질했다.

"지금 내가 간절히 원하는 게 있다면 단단한 땅에 드러누워 있는 거야. 배 위가 아닌 곳에서 별을 쬐는 거야. 아무 생각도 하지 않고, 멍하니."

"고마워, 남이야. 네가 없었으면 이 섬 근처에도 못 왔을 거야."

연이가 손을 내밀었다. 난데없는 감사 인사에 쑥스러워하며 남이가 누나의 손가락을 살짝 잡았다 놓았다.

"무슨. 누나가 없었다면 나도 배를 탈 생각 같은 건 전혀 못 했을 거야. 가 봐. 하고 싶은 게 있다고 했잖아. 소원이라고 했잖아. 어서."

고개를 끄덕인 연이가 보따리 끄트머리를 당겨 허리에 둘렀다. 모래톱 가장자리에서 먼바다를 바라보던 형우가 슬금슬금 연이에게 다가왔다.

"나도 데리고 가 줘. 이 섬에 범은 없을 것 같지만, 혹시 모르잖아?"

"뭐, 좋아."

연이가 피식 웃으며 대답했다.

해안에서 이어지는 돌산은 몹시 가팔랐지만 서두르지 않고 신중하게 발 디딜 곳을 더듬어 가면 가까운 봉우리까지는 어떻게든 오를 수 있을 듯했다. 해풍이 거센 그 섬 우산에는 이렇다 할 나무들이 자라지 않았다. 그럼에도 명아주며 민들레, 산쑥, 쇠무릎 같은 풀들은 바위 틈새며 얕은 흙 속에 깊이 뿌리내리고 있었다.

남자 옷을 빌려 입고 오길 천만다행이라고 생각하면서 연이가 가쁜 숨을 토해 냈다. 한 발짝 한 발짝 끈질기게 떼며 걷다 다소 평편한 능선의 어느 지점에 이르러 발길을 멈추었다.

"더 욕심부리지 말고 이쯤에 머무르는 게 좋겠다."

"응."

말은 안 했어도 경사가 급한 비탈을 타고 등행하기가 힘에 부쳤는지, 형우의 숨결도 거칠어져 있었다. 연이의 말처럼 그 장소는 아주 높지는 않았지만 섬의 윤곽을 살피기에는 맞춤한 곳처럼 보였다.

연이가 허리에 찬 보따리를 풀어 먹통과 종이를 꺼내며 혼잣 말했다.

“잘 보는 것이 먼저야. 화폭에 담으려면 먼저 그 모습을 애정을 품고 지켜봐야 하는 법이니까.”

연이가 윤도를 들어 방위를 확인했다. 종이를 펼치고 네 모서리에 자갈돌을 놓아 바람결에 펄럭이지 않도록 고정시켰다. 그런 다음 날카로운 눈초리로 섬을 살피며 식생을 관찰하고 지형과 산수를 헤아렸다.

잠시 후, 가다듬은 붓끝을 먹통에 담그려던 연이가 건너편 해안에서 뭔가를 발견한 듯 흥분해 붓 쥔 손을 흔들었다.

“저기, 저것들은 뭐야?”

“어디?”

먹물이 튈까 걱정하는 것처럼 어깨를 움츠린 형우가 연이가 가리킨 연안을 내려다보았다.

“암만 봐도 가지어(옛날 사람들이 강치를 부르던 이름) 같은데?”

“가지어라고?”

“응. 정수가 설명해 준 적 있어. 이 근방 바닷가를 보금자리로 삼은 동물이 있다고. 맞아, 가지어들이야. 우아, 한두 마리가 아닌데?”

신이 난 연이가 섬의 지형을 묘사한 종이의 귀퉁이에 가지어를 그려 넣었다. 그 붓의 움직임이 몹시 섬세했다. 다음 종이에는 괭이갈매기와 바다제비, 슴새 같은 새들과 해풍에도 굴하지 않고 자라난 온갖 풀들을, 그 다음 종이에는 이 섬을 수호하는 듯 보이던 암석과 크고 작은 해식 동굴, 그 모든 것들을 집어삼킬 듯 사납게 출렁이던 물결을 옮겨 놓았다.

다시 새로운 종이를 펼친 연이가 유려한 필치로 세 글자를 써 넣었다.

- 于山圖 -

형우가 소리 내 읽어 보았다.

"우산도."

"맞아. 나는 이 섬의 지도에 '우산도'라는 이름을 붙일 거야."

미소를 머금은 연이가 종이를 펼치고 또 다른 그림을 그려 나가기 시작했다. 형우는 턱을 괸 채로 시간 가는 줄도 모르고 그 광경을 구경했다. 그러다 강렬해지는 햇살에 이맛살을 찌푸리며 수평선 가까이로 시선을 던졌다가 무심결에 자리에서 일어났다.

"왜 그래?"

그 몸짓에서 심상치 않은 기색을 감지한 연이가 의아해하며 물었다.

"배야, 배가 나타났어."

형우가 허둥지둥 짐을 꾸렸다.

"뭔지 모르겠지만 일단 돌아가자. 정수에게 알려야겠어."

둘은 보따리를 챙겨 미끄러지다시피 하며 경사면을 내려왔다. 그사이에 기력이 좀 났는지, 남이는 파도가 철썩이는 바위 끝에 걸터앉아 낚싯대를 드리우고 있었다. 한편, 정수는 저고리며 바지를 훌훌 벗어던지고 바닷속에 들어가 있었다.

아이들을 반기며 정수가 물속에서 마구 팔을 내저었다.

"도련님들! 소라며 전복 따위가 그득그득합니다. 이 정도면 점심거리는 문제없을 것 같아요."

그러다 형우의 손짓 신호를 알아보곤 부리나케 밖으로 헤엄쳐 나왔다.

"아, 배가 오고 있다고요?"

바지를 입고 젖은 윗몸에 대충 저고리를 걸친 정수가 형우에게서 불현듯 나타난 목선의 면면을 전해 듣더니 민망한 듯 목덜미를 긁적였다.

"실은 말입니다, 조개를 캐는 일꾼들에게 언질을 줬어요. 귀한 도련님들을 모시고 가니 어르신들께 상황을 알려 달라고요. 그래서 뱃사람들이 급하게 배를 몰고 따라왔나 봅니다. 그래도 이렇게 일찍 발견될 줄은 몰랐는데."

"안 돼!"

나머지 두 아이가 뭐라고 항의하기도 전에 남이가 손바닥에 낯을 묻으며 신음했다.

"다시 뱃멀미에 시달려야 한다니. 난 못 해. 안 가. 못 가."

정수가 울먹이는 남이를 달래 주었다.

쓴웃음을 삼키며 형우가 옆을 돌아보았다. 그러나 그가 걱정한 것과 달리 연이는 화나 있지 않았다. 오히려 전에 없이 흐뭇한 표정을 지으며 눈을 빛내고 있었다.

뒷짐을 진 형우가 넌지시 물었다.

"아직도 여기에 오길 잘했다고 생각해? 곧 배에 태워져 끌려가야 할 텐데? 어른들께 어떤 불호령을 들을지 모르는데도?"

"뭐야, 당연하잖아."

연이가 웃으며 대답했다.

"잊지 못할 거야. 너도, 지난밤도, 이 섬도."

기쁨으로 가득 찬 연이의 눈동자를 마주 바라보며 형우는 비로소 깨달았다. 그들의 여정은 이제 막 시작됐다는 걸.

여전히, 끝나지 않았다.

빼앗긴 이름

•
•
•

심진규

Dokdo Anthology

| 일러두기 |

조선 사람들은 강치를 '가지어'라고 불렀다. 이 작품에서 조선 사람들이 강치를 지칭할 때는 '가지어'라는 표현을 사용했다.

“아버지, 저도 같이 가요.”

재복이가 방문을 열고 나서며 말했다. 아버지는 마당에서 바다에 갈 채비를 하고 있었다.

“엄니랑 집에 있어. 요새 엄니 기침도 심해졌는데 네가 옆에서 수발이라도 들어야지. 아버지 얼른 다녀올게.”

재복이는 오늘도 바다에 못 가서 심통이 났다. 어머니는 지난 겨울부터 기침이 심해졌다. 세상이 바뀌어 육지에 있는 신식 병원에 가면 이 정도 기침병은 금세 고칠 수 있다고 했다. 하지만 재복이네 형편으로는 육지 병원에 가는 건 엄두도 못 낼 일이었다.

대신 섬에 하나뿐인 의원에서 약을 지어다 먹었다. 어머니 약을 해 드리려면 아버지가 바다에 나가야 했다. 재복이도 바다에 나가 아버지를 돕고 싶었다. 그러면 조금이라도 고기를 더 잡을 수 있고 돈도 더 벌 수 있었다. 하지만, 아픈 어머니를 혼자 두고 그럴 수는 없었다.

"재복 아버지, 재복이도 데리고 다녀오세요. 난 괜찮아요."

어머니가 방문을 열고 문지방을 짚고 몸을 일으키며 말했다.

"왜 문을 열고 그래? 찬바람 들어가. 어서 닫어."

아버지는 어머니에게 얼른 문을 닫으라며 지청구를 했다.

"어린것이 집에만 있으니 얼마나 답답하겠어요. 바람도 쐴 겸 데리고 다녀오세요. 나는 정말 괜찮다니까요."

재복이는 어머니와 아버지를 번갈아 보았다. 어머니가 정말 괜찮으신 건지 걱정이 되면서도 아버지가 데리고 가 주려나? 하는 마음이 들었다.

"허허, 참! 그럼 얼른 다녀올 테니 어서 문 닫고 눕구려."

아버지는 어머니에게 말하더니 어구(물속에 직접 집어넣어 물고기를 잡는 도구)를 어깨에 메고 일어섰다. 같이 가도 좋다는 뜻이었다. 얼른 짚신을 신고 아버지를 따라나선 재복이는 집 안을 쳐다보며 어머니에게 얼른 문을 닫으라고 손짓했다. 아버지를 따라가는 재복이의 발걸음이 가벼웠다. 아직 날이 차가웠지만 오래간만에 콧바람을 쐬니 기분이 좋았다.

재복이는 이 섬에서 태어났다. 어려서부터 뱃일하던 아버지와 해녀였던 어머니가 섬에 들어온 것은 스무 해 전이었다. 아버지가 열넷, 어머니는 열두 살이었다. 두 분 모두 부모님을 따라 섬에 온 것이다. 아버지와 어머니는 섬에서 만나 결혼했고 재복이를 낳았다. 재복이가 여덟 살 되던 해, 바다에 전복을 따러 나갔다가 큰 파도에 휩쓸려 다친 후로 어머니는 자리에 누웠다. 그렇게 된 지 벌써 세 해가 지나고 있었다.

아버지와 재복이를 태운 배는 도동항을 출발해 힘차게 파도를 갈랐다. 아버지는 평지를 달리는 것처럼 편안하게 배를 몰았다. 아버지와 재복이는 바다 한가운데 배를 멈추고 어구를 내렸다. 섬 근처는 전복이나 미역을 따기에는 좋았지만 큰 고기를 잡기에는 섬에서 먼 바다가 더 좋았다.

멀리 독도가 보였다. 날이 맑은 날에는 집에서도 보였지만 가까이서 보니 더 좋았다.

"아버지, 다음엔 독도에 가요."

"아서라. 요즘 왜놈들이 자꾸 와서 가지어 잡는다고 난리란다. 나라가 힘이 없으니 조선 땅에서 주인 행세하려는 놈들 천지구나."

아버지는 어구를 끌어 올리며 한숨을 내쉬었다. 재복이도 가지어를 멀리서 몇 번 본 적이 있었다. 왜놈들은 무엇 때문에 가지어를 잡으려고 하는지 알 수가 없었다.

"우리 땅인데 왜놈들이 와서 가지어를 잡는다고요? 그럼 안 되는 거잖아요."

"왜놈들이 그걸 몰라서 그러겠느냐? 조선이 힘이 없어 쫓아내지 못하니 그러는 것이지."

재복이도 더는 묻지 않았다. 왜 나라가 힘을 잃었는지 재복이로선 알 수 없는 노릇이었다.

재복이와 아버지가 한참 고기잡이를 하고 있을 때였다. 재복이네 배보다 갑절은 큰 배 세 척이 다가오고 있었다.

"아버지, 저기 좀 보세요."

재복이가 놀라서 손가락으로 배를 가리켰다. 빨간 동그라미가 그려진 깃발이 펄럭였다. 왜놈들 배였다.

"왜놈들 배가 왜 여기까지……."

놀라기는 아버지도 마찬가지였다. 일본 배는 재복이네 배를 지나쳐서 섬 쪽으로 향했다. 갑판 위에는 커다란 가지어가 여러 마리 있었다. 배에 탄 사람들은 뭐가 좋은지 저들끼리 이야기를 주고받으며 웃었다. 그러다가 한 사내가 뭔가를 바다에 던졌다. 바다에 떨어진 것이 물속에서 버둥거렸다.

"아버지, 저기!"

아버지는 재복이가 가리킨 쪽으로 배를 몰았다. 가까이 가서 보니 새끼 가지어였다. 아직 헤엄을 치지 못하는 것을 보니 태어난 지 얼마 되지 않은 듯했다.

"아버지, 저거 건져요."

"내버려 둬라. 어미가 죽은 모양이다. 어미 없인 죽을 거다."

아버지는 새끼 가지어는 쳐다보지도 않고 대답했다.

"죽을지 살지 아버지가 어떻게 알아요? 아버지, 그러지 말고 빨리 건져 줘요. 저러다가 쟤 죽어요."

아버지는 재복이 등쌀에 어쩌지 못하고 대나무 작대기 끝에 달린 망으로 새끼 가지어를 건졌다. 배 위로 올리자 버둥대던 가지어는 금세 안정을 찾았다. 바다 생물이 물에 빠져 죽을 뻔했다고 생각하니 재복이는 웃음이 났다. 게다가 작은 가지어가 너무 귀여웠다. 재복이는 가지어를 품에 안았다. 아직 아기라서 그런지 빽빽 소리를 냈다. 큰 가지어는 소가 우는 것 같은 소리를 낸다고 했는데, 새끼 가지어를 보니 큰 가지어는 상상이 되지 않았다. 그때 아버지가 서둘러 배를 섬 쪽으로 돌렸다.

"아버지, 벌써 가요?"

"아무래도 뭔가 수상하다. 저놈들이 어찌 이리 당당하게 조선 땅에 오는 것인지 말이다."

조금 전에 지나간 일본 배를 두고 하는 말이었다. 재복이도 그게 이상했다. 가끔 독도에서 먼 바다까지 와서 고기를 잡아 가긴 했어도 울릉도까지 온 적은 없었다. 도동에 도착해 보니 일본 배도 항구에 있었다. 배에서 내린 일본 사람들은 당당했다. 마치 제 나라 땅에 온 사람들 같았다.

"너는 먼저 집에 가 있거라."

배에서 내리며 아버지가 재복이에게 말했다. 재복이는 새끼 가지어를 안은 채 고개를 끄덕였다. 아버지가 어딜 가려는지 알 것 같았다. 그때, 새끼 가지어가 어딘가를 보며 빽빽 소리를 질렀다. 일본 배였다. 재복이는 일본 사람들이 타고 온 배를 향해 걸음을 옮겼다. 배 위에는 가지어가 다섯 마리나 죽어 있었다. 그걸 본 새끼 가지어가 소리를 지르는 것이었다. 마치 죽은 어미를 보고 우는 것 같았다. 재복이는 새끼 가지어의 눈을 가리고 집으로 데리고 왔다.

"어머니, 저 왔어요."

대문에 들어서며 재복이가 큰소리로 외쳤다. 새끼 가지어를 어머니께도 구경시켜 드리고 싶었다. 하지만, 집 안에서는 대답이 없었다. 평소에는 쉽게 그치지 않던 기침 소리도 들리지 않았다. 재복이가 방문을 열었다. 재복이는 그 자리에 주저앉고 말았다. 어머니가 입에서 피를 토한 채 쓰러져 있었다.

"어머니, 어머니! 정신 좀 차려 봐요, 어머니!"

아무리 흔들어도 어머니는 일어나지 않았다. 배 타고 나갔다가 물에 빠진 사람들을 건져 올렸을 때 가슴팍을 누르면 깨어나곤 했다. 물론 대부분은 깨어나지 못했지만 말이다. 재복이는 어머니 가슴을 손으로 여러 번 눌렀다. 하지만 어머니는 꿈쩍도 하지 않았다. 어머니 가슴께에 귀를 갖다 댔다. 아무 소리도 들리지 않았다. 재복이는 어머니를 끌어안고 울었다. 밖에서는 새끼 가지어가 빽빽 소리 내며 울었다. 재복이는 어머니를 가지런히 눕혀 놓고 군청 마당을 향해 달렸다.

"당신들이 여길 어떻게 온 것이오?"

울릉 군수가 군청에 찾아온 일본인들을 보며 물었다. 일본인 무리 중에 조선말을 할 줄 아는 사람이 군수가 한 말을 일본말로 통역했다. 무리 중 우두머리인 듯한 자가 피식 웃더니 큰소리로 말했다.

"다케시마(일본이 독도를 부르는 이름)에 강치가 많다고 해서 사냥을 좀 왔습니다. 과연 엄청나게 많더이다. 그래서 군수께 선물로 한 마리 드리려고 왔습니다."

말을 마친 사내가 눈짓을 하자 다른 사내들이 잡아 온 강치 한 마리를 땅에 부려 놓았다. 웬만한 어른만큼 큰 녀석이었다.

"이곳 울릉도는 물론이고 독도도 조선 땅이오. 남의 나라에 와서 함부로 조업을 하는 것은 옳은 일이 아니오. 게다가 우리 바다에서 잡은 것을 선물로 받으란 말이오! 오늘 일은 우리 조정에 보고할 것이오. 당장 돌아가시오. 다시는 이곳에 얼씬도 하지 마시오."

군수는 화를 내며 말했다. 군수의 말에 일본인 다섯 명이 모두 웃었다.

"다케시마가 어찌 조선 땅이란 말이오? 이미 다케시마는 우리 시마네현에 편입되었소이다. 그런 것도 모르면서 어찌 군수를 한단 말이오."

"그게 무슨 말이냐?"

"우리는 의리로 보내는 선물을 잘 전달했으니 이만 돌아가겠소."

일본 사내들은 군수의 물음에 대꾸도 없이 그냥 가 버렸다. 재복이 아버지는 군청 마당에서 펼쳐진 일을 모두 지켜보았다. 남의 나라에 와서 이리도 당당한 일본인들을 보자 피가 거꾸로 솟는 것 같았다.

그때 재복이가 아버지를 부르며 달려왔다.

"아버지, 어머니가……."

재복이 아버지는 그만 다리에 힘이 풀려 주저앉고 말았다.

일본인들이 울릉도에 찾아오기 얼마 전이었다. 한 사내가 일본 내무성에 청원서를 들고 찾아갔다.

"무슨 일로 오셨소?"

"제 이름은 나카이 요자부로(독도에서 강치를 마구잡이로 잡은 일본인으로 강치를 멸종시킨 장본인)입니다. 독도를 우리 영토로 편입시키고 그 섬을 제가 빌려서 사용하고자 차용 청원서를 가지고 왔습니다."

내무성 직원은 나카이의 말에 깜짝 놀랐다. 장사꾼의 입에서 나올 법한 말이 아니었다.

"독도는 대한제국 땅일 가능성이 큽니다. 지금 전쟁(러일전쟁) 중인데 독도를 편입시킨다면 우리가 대한제국 땅 전체를 빼앗으려는 의도로 비칠 수 있습니다. 곤란합니다."

내무성에서도 나카이의 요구가 지나치다고 판단했다. 나카이는 잠시 고민하더니 입을 열었다.

"전쟁에서 이기려면 독도가 꼭 필요합니다. 그곳에 망루를 설치하고 러시아의 동태를 살피는 일은 전쟁을 승리로 이끄는 데 꼭 필요합니다. 잘 검토해 보시고 제 청원을 들어줄 것을 부탁드립니다. 아! 그리고 이것은 제 작은 성의입니다."

나카이가 가방을 내밀었다.

"이게 뭡니까?"

"하하. 이게 바로 강치 가죽으로 만든 것입니다. 아주 질기고 좋습니다. 사모님 드리면 좋아하실 겁니다."

내무성 직원이 웃으며 가방을 받았다.

나카이가 나간 후 내무성에선 회의가 열렸다. 나카이 말이 옳았다. 전쟁에서도 승리하고 조용히 영토도 편입시키면 되는 일이었다. 다들 장사꾼의 머리에서 나온 생각치고는 아주 훌륭하다며 박수를 쳤다.

내무성 건물을 나선 나카이는 그 길로 오키 섬으로 향했다. 일본 땅에서 독도와 가장 가까운 곳이었다. 오키 섬은 옛날부터 죄인을 귀양 보내던 곳이었다. 그만큼 척박하고 살기 힘든 땅이었다. 하지만 강치잡이를 하기에는 그만한 곳이 없었다. 나카이는 강치를 처음 잡던 날부터 오키 섬을 눈여겨보았다. 강치잡이의 거점 역할을 톡톡히 할 곳이었다.

"가능한 한 어부들을 많이 모으도록 하게."

"네."

"고래 사냥을 해 본 자들이면 더 좋네."

"네, 알겠습니다."

독도에는 나카이가 원하는 강치가 수만 마리나 떼 지어 살고 있었다. 강치의 가죽을 벗겨 소금에 절이면 소가죽과 비슷했다. 기름은 고래기름 못지않았고, 뼈와 살은 삶아서 비료로 팔면

돈을 벌 수 있었다. 나카이는 이런 강치를 자기 회사에서만 잡으려고 계획을 세우고 있었다.

문제는 다른 어부들도 자꾸만 독도에 가서 강치를 잡는다는 것이었다. 건져 올리기만 하면 돈이 되는 강치를 다른 사람들이 잡아가도록 그냥 둘 수는 없었다. 그래서 나카이는 며칠 전 내무성에 낸 청원서에 이런 내용도 적었다.

독도에 강치의 수가 많기는 하지만, 강치는 항상 서식하는 것이 아닙니다. 4~5월에 모였다가 7~8월에는 흩어집니다. 강치는 이 시기에만 잡을 수 있습니다. 잡는 양을 제한하여 번식을 할 수 있도록 해야 하는데 지금은 마구잡이로 잡아들이고 있습니다.
포획량을 제한하지 않으면 강치는 멸종되고 맙니다. 지금처럼 서로 잡으려고 경쟁하는 관계에서는 강치를 보호하기 어렵습니다. 그러니 강치잡이를 제한해 주실 것을 청원합니다.

나카이는 얼굴 가득 미소를 지었다. 청원서가 통과만 된다면 이제 강치잡이는 자신이 독점할 수 있게 될 것이었다. 나카이는 배를 더 만들었다. 어부들도 더 많이 모으기 시작했다.

이듬해 1월, 일본 내각회의에서 독도를 일본 영토로 편입하기로 결정했다. 물론 대한제국이나 다른 나라들은 모르는 일이었다. 일본 혼자 그렇게 결정해 버린 것이었다. 소식을 들은 나카이는 만세를 불렀다. 이제 독도에 자유롭게 드나들 수 있었다. 강치를 모조리 잡아들이는 일만 남았다.

재복이는 어머니를 산에 묻고 돌아왔다. 아버지는 며칠째 바다에 나가지 않고 집 안에서 술만 마셨다. 재복이는 아버지가 자신을 탓하고 있는 것만 같았다. 스스로도 어머니가 돌아가신 것이 자기 탓인 것만 같았다. 아버지를 따라가겠다고 우기지만 않았다면 어머니는 돌아가시지 않았을지도 모른다. 아무리 아니라고 도리질을 해 봐도 그랬다.

마당 한구석 커다란 대야에 몸을 담그고 있는 새끼 가지어를 보니 꼭 자기 신세랑 같아 보였다. 아직 어미젖도 못 뗀 아기였다. 그냥 두었다가는 굶어 죽을 것 같았다. 재복이는 부엌에 가서 미음을 끓여 왔다. 적당히 식은 미음을 새끼 가지어 입에 넣어 주었다. 오물오물 받아먹는 모습이 귀여웠다.

"그거 갖다 버려."

아버지가 재복이를 향해 소리쳤다.

"아직 어린 새끼를 어떻게 버려요?"

"가지어는 어미가 죽으면 새끼도 굶어 죽는 법이다. 제 새끼가 아니면 젖도 안 물린다니까."

재복이는 아버지 마음을 알 것 같았다. 어머니가 죽었는데 집 안에서 또 다른 죽음을 맞기 싫은 것이었다.

재복이는 가지어를 안고 바닷가로 향했다. 언제까지 데리고 있을 수는 없었다. 물가로 데리고 가서 헤엄치는 연습을 시키고 헤엄을 칠 수 있게 되면 바다로 돌려보낼 생각이었다. 자갈이 깔린 바닷가에 새끼 가지어를 내려놓았다. 꼬물꼬물 움직이는 모습이 귀여웠다. 미역을 뜯어 입에 대 주니 오물오물 씹어 먹었다.

"넌 너무 어려서 엄마 얼굴 기억 안 나겠구나. 나는 지금도 부엌에서 엄마가 날 부를 것 같아. '재복아, 밥 먹어.' 하면서."

재복이는 새끼 가지어를 쓰다듬으며 말했다. 가지어는 또 빽빽 소리를 냈다. 재복이는 새끼 가지어를 쓰다듬다가 등 쪽에서 하얀 점을 발견했다. 꼭 눈이 내린 것 같았다. 첫날은 못 보았는데, 오늘 보니 있었다.

"우아, 이거 꼭 눈 내린 것 같다. 어? 그래, 네 이름을 흰눈이라고 하자. 너도 이름 있으면 좋잖아. 흰눈아!"

재복이는 그렇게 매일 흰눈이를 데리고 바다에 갔다. 흰눈이는 재복이가 뜯어다 주는 미역 줄기도 제법 잘 먹게 되었다. 아버지 몰래 아버지가 잡아 온 물고기도 먹였다. 저 스스로 바다에 들어가 헤엄도 칠 수 있게 되었다.

그렇게 석 달이 지났다. 이제 흰눈이는 제법 몸집이 커졌다. 재복이가 안고 다닐 수 없었다. 흰눈이와 헤어져야 할 때가 온 것이다.

"흰눈아, 이제 여기가 네 집이야. 너는 여기서 살아."

재복이가 바닷가에 흰눈이만 놓고 돌아섰다. 흰눈이가 따라왔다. 재복이는 뒤를 돌아 발로 땅을 구르며 겁을 줬다.

"따라오지 마! 이제 여기가 네 집이라고. 바다로 가."

재복이도 흰눈이와 헤어지기 싫었다. 하지만 바다로 보내야 했다. 흰눈이가 따라오지 못하도록 달음질을 했다. 어머니가 돌아가시고 흰눈이가 있어서 버틸 수 있었는데, 이젠 정말 아버지와 둘만 남게 되었다.

"흰눈아, 잘 살아."

재복이 눈에서 눈물이 흘렀다. 언덕길을 단숨에 뛰어 올라온 재복이는 숨이 차서 헉헉거렸다. 무슨 일인지 재복이네 집 마당에 동네 어른들이 모여 있었다.

"성님, 이걸 그냥 두고만 볼 겁니까?"

턱수염이 덥수룩한 털보 아저씨가 막걸리 잔을 마루에 탁! 내려놓으며 말했다.

"그럼 어쩌겠나? 나라에서도 어쩌지 못하는데."

이장님이 곰방대를 빨았다가 한숨과 함께 말을 뱉었다.

"이럴 게 아니라 우리도 배를 띄워 독도에 가서 고기잡이를 합시다. 일본 놈들 오면 우리 땅에서 나가라고 하고요. 우리가 거기서 고기잡이를 안 하니 그놈들이 설치는 것 아닙니까?"

털보 아저씨였다. 다른 어른들은 한숨만 쉴 뿐 말이 없었다. 재복이는 운 것을 들키지 않으려고 세숫대야에 물을 받아 얼굴을 씻었다.

"그러세."

그때 아버지 목소리가 들렸다.

"언제까지 나라에서 어떻게 해 주기만 기다리겠나? 우리 땅은 우리가 지키세. 나는 가겠네. 누구 또 같이 갈 사람 없나?"

"저는 둘째 태어난 지 얼마 되지도 않았고……."

대추나무집 길수 아저씨가 머리를 긁적이며 입을 열었다.

"미안해할 것 없네. 형편 되는 사람들만 가세."

재복이 아버지가 길수 아저씨 어깨에 손을 얹으며 말했다. 다 이해한다는 표정이었다. 길수 아저씨는 먼저 자리를 떴다. 가면서도 연신 미안하다고 했지만, 길수 아저씨를 원망하는 사람은 아무도 없었다.

"형님, 나는 형님이랑 같이 갑니다. 왜놈들 내 손으로 다 쫓아 버리겠습니다."

털보 아저씨가 팔뚝을 걷어붙이며 말했다.

“나도 같이 가세. 다 늙은 몸이지만 나라 위해 좋은 일 한번 하세. 평생 날 키워 준 바다인데 이대로 왜놈들에게 넘길 순 없지.”

이장님이 말했다. 그렇게 독도로 가기로 한 사람은 여덟 명이었다. 내일 아침 일찍 떠난다고 했다. 재복이는 방 안에서 아저씨들이 하는 말을 다 듣고 있었다.

“이번에는 연습 삼아 다녀오도록 하게.”

오키 항을 떠나는 강치잡이 배를 보며 나카이가 말했다. 급하게 어부들을 모으다 보니 강치잡이가 처음인 사람들이 있었다. 대규모 강치잡이를 나서기 전에 경험이 없는 어부들을 연습 삼아 독도로 보내기로 했다.

“강치 만나서 그놈들 커다란 몸집에 놀라 오줌 지리지 않도록 하게.”

떠나는 배를 보며 나카이가 농담을 했다. 얼굴에는 비열한 웃음이 가득했다. 오키 항을 떠난 배 세 척이 독도를 향해 서북쪽으로 방향을 잡았다.

“여기 동굴 앞에 그물을 치면 되네. 놓치지 않게 양쪽에서 꽉 잡고 있으라고.”

일본 어부들은 동굴 입구에 자망(물고기 떼가 지나다니는 길목에 수직으로 길게 쳐 놓는 그물)을 쳤다. 강치가 동굴 속에 사는 것을 알고 동굴 입구에 그물을 친 것이었다. 동굴 안쪽에서 어부들이 소리를 지르며 숨어 있는 강치를 내몰았다. 겁에 질린 강치들이 전속력으로 헤엄쳐 도망하다가 자망에 걸렸다. 그물에 걸린 강치는 그 자리에서 죽었다. 어부들은 낄낄거리며 죽은 강치를 끌어 올려 배에 실었다.

바위 위에 있는 강치는 총을 쏴서 잡았다. 새끼에게 젖을 먹이다가 총에 맞아 죽는 어미 강치도 있었다. 어미젖을 물고 있던 새끼 강치는 어미가 죽은 줄도 모르고 젖만 빨고 있었다. 일본 어부들은 그 모습을 보고도 아무렇지 않은 듯했다.

어부들이 뭍으로 올라섰다.

"여기서 하루 묵어가세. 온 김에 많이 잡아가야 사장님이 좋아하시니까."

우두머리로 보이는 사내가 바닷가에 불을 피우라며 이야기했다. 그들은 가져온 술을 마시고 밥을 지어 먹었다.

"어떤가? 강치 사냥해 본 소감이?"

"처음엔 소가 바위에 누워 있는 줄 알았습니다. 우는 소리도 그렇고요."

"하하하. 그럴 만도 하지. 이게 아주 짭짤하게 돈이 된다네. 사장님께서는 일찌감치 강치가 돈벌이가 될 것을 아신 거지. 자네들도 사장님 만나 강치잡이에 나서게 된 걸 영광으로 알게."

"네."

"이제 자네들도 큰돈을 벌게 될 거야. 자, 한잔하자고."

우두머리가 잔을 들었다. 모두 웃으며 잔을 비웠다. 일본인들은 술에 취해 모닥불 주변에서 노래를 부르고 춤을 췄다. 조용하던 섬 독도에 밤새 일본말이 들렸다. 근처 바위에서는 어미 잃은 새끼 강치의 울음소리가 들렸다.

"아버지 다녀오마. 밥 해 뒀으니 먹고 있거라."

아버지는 자고 있는 재복이를 토닥이며 말했다. 재복이가 자기도 데려가라고 했지만, 이번엔 절대 안 된다며 말도 꺼내지 못하게 했다. 재복이는 토라졌는지 이불을 뒤집어쓰고 있었다.

항구에 사람들이 모였다. 재복이네 배와 이장님 배 두 대에 나눠 탄 사람들이 독도로 향했다. 떠오르는 해를 안고 가는 사람들의 마음은 비장했다. 왜놈들이 날뛰는 꼴을 더는 눈 뜨고 볼 수 없었다. 싸워서 이길 자신은 없었지만, 그렇다고 아무것도 안 하고 있을 수는 없었다.

독도가 점점 가까워지고 있었다.

"이 녀석아, 너 언제 탔어?"

재복이가 고기를 담아 두는 통 안에 숨어 있다 털보 아저씨에게 들켰다. 너무 컴컴하고 답답해서 문을 조금 열어 밖을 보았는데 하필 그때 털보 아저씨와 눈이 마주친 것이다.

재복이는 새벽에 일어나 아버지 몰래 먼저 배에 타고 있었다. 이불 속에는 베개를 넣어 두었다. 위험하지만 아버지와 함께 있고 싶었다. 혹시라도 아버지가 잘못되면 혼자 남게 되는 것이 두려웠다.

"무슨 일이야?"

재복이를 본 아버지 눈썹이 치켜 올라갔다. 화가 단단히 난 모양이었다.

"이놈아, 여기가 어디라고 따라와. 응?"

"아버지랑 같이 있을래요. 아버지 잘못되면 나 혼자 어떻게 살아요!"

재복이는 금방이라도 울 것 같았다.

"형님, 혼내지 마시우. 하나라도 힘을 보태면 좋지요."

털보 아저씨가 재복이를 안아 통에서 꺼내며 말했다.

"이따가 혹시라도 일본 놈들 만나면 저 안에서 가만히 있어. 절대 나오지 말고. 알았어?"

재복이는 고개를 끄덕였다. 하지만 그 약속을 지킬 수 있을지는 알 수 없었다. 재복이는 뱃머리에 앉아 독도를 바라보고 있었다. 일본 놈들이 왜 저 섬을 자기 땅이라고 우기는지 아버지에게 들어 알고 있었다. 독도 바다에는 먹을거리가 넘쳐났다. 물고기, 오징어, 전복이 수도 없이 살고 있었다. 독도가 자기네 땅이 되면 그 모든 것이 자기네 것이 되니 욕심을 부리는 것이었다. 남의 것을 자기 것이라고 우기는 뻔뻔함에 치가 떨렸다.

"형님, 아까부터 저게 자꾸 따라오는데요. 저거 가지어 아니에요?"

털보 아저씨 말에 재복이 아버지가 뒤를 돌아보았다. 재복이도 일어나서 배 뒤쪽으로 가 보았다. 정말 가지어였다. 아직 덜 자란 가지어 한 마리가 재복이네 배를 따라오고 있었다. 물살에 가끔 얼굴이 보였다.

"어! 흰눈이다."

"뭐? 흰눈이라니?"

옆에 있던 털보 아저씨가 무슨 말이냐며 물었다.

"아버지, 흰눈이에요. 흰눈이가 따라오고 있어요."

"흰눈이?"

"네. 지난번에 우리가 구해 준 새끼 가지어요."

아버지와 털보 아저씨도 신기한지 헤엄치는 흰눈이를 쳐다보며 웃었다. 재복이는 흰눈이에게 손을 흔들었다. 재복이를 알아봤는지는 알 수 없지만 흰눈이는 계속 배를 따라왔다. 그렇게 함께 독도 앞바다에 도착했다.

일본 배 세 척이 독도 앞바다에 유유히 떠 있었다.

"털보, 가까이 대게."

재복이 아버지가 일본 배를 가리키며 말했다. 재복이는 두려웠다. 큰일이 날 것만 같았다. 재복이는 배 주변을 둘러보았다. 계속 곁에 있던 흰눈이가 보이지 않았다. 하지만 지금은 흰눈이를 신경 쓸 겨를이 없었다. 눈앞에 일본 사람들이 있었다.

"여기는 대한제국의 땅이다. 어서 너희 나라로 돌아가라."

아버지가 일본 배를 향해 큰소리로 외쳤다.

일본 배에서 뭐라고 떠들어 댔지만 일본말이라 알아들을 수 없었다. 일본인들이 독도를 부르는 말인 '다케시마'라는 단어가 몇 번 들린 것 같았다.

"남의 것을 넘보는 도둑놈 심보는 네놈들 조상이 물려준 것이더냐? 어찌 부끄러운 줄 모르고 자꾸 남의 땅에 들어오는 것이냐? 당장 물러가거라."

이장님 배에서도 큰소리가 났다. 일본 배에서도 큰소리가 나긴 마찬가지였다. 그러더니 일본 배가 갑자기 재복이네 배 쪽으로 향했다. 쿵 소리가 나고 배끼리 부딪혔다. 재복이는 넘어져 바닥에 뒹굴었다.

"재복아!"

아버지가 달려왔다.

"아버지, 저 괜찮아요."

재복이는 아버지에게 걱정을 끼치기 싫어 얼른 일어섰다. 이장님 배도 가까이 다가왔다.

이장님이 서툰 일본말로 소리쳤다.

"우리 땅에서 나가라."

일본 배에서 웃는 소리가 들렸다. 잠시 후 한 사내가 뭐라 말을 했다. 모두 일본말을 조금 할 줄 아는 이장님만 쳐다보았다.

"저놈들이 여기는 자기네 땅이라는데? 법적으로 그렇다고."

"그게 무슨 개소리요?"

"몇 달 전에 시마네현에 편입되었다는데, 무슨 말인지 나도 모르겠네그려."

이장님이 난감해하며 말했다.

"그딴 소리를 지금 믿으라는 거요? 여긴 원래 우리 땅이었으니 지금도 우리 땅이지, 무슨 말이 더 필요해!"

털보 아저씨는 화를 내며 팔을 걷어붙였다.

"지난번에 군청에서 들었던 말이 사실이군."

재복이 아버지가 혼잣말을 했다. 털보 아저씨가 그 말을 들었는지 무슨 뜻이냐며 물었다.

"형님, 그게 뭔 소리요?"

"지난번에 군청에 와서 가지어 한 마리 던지듯 놓고 간 일본

놈들이 그러더구만. 독도가 서류상으로 일본 땅이 되었다고."

"이런, 썅!"

털보 아저씨가 버럭 성질을 냈다. 그때였다. 일본 배에서 갈고리가 날아왔다. 재복이네 배와 이장님 배에 갈고리가 걸리자 일본 배가 속도를 냈다. 꼼짝없이 두 배가 일본 배에 끌려가기 시작했다.

"저놈들이 지금 무슨 짓을 하는 거야!"

털보 아저씨가 갈고리를 빼 보려고 했지만 팽팽하게 당겨진 줄 때문인지 어림도 없었다. 이대로 가다가는 일본 땅에 잡혀가는 것은 시간문제였다.

"아버지, 어떻게 해요."

재복이가 겁에 질려 아버지를 쳐다보았다. 아버지는 뭔가 생각난 듯 도끼를 꺼내 들었다. 팽팽한 줄을 도끼로 내려쳤다. 줄이 두꺼워 잘 끊어지지 않았다.

"아버지, 안 돼요. 하지 마요."

재복이가 아버지를 보며 소리쳤다. 일본 배에서 한 사내가 아버지를 향해 총을 겨누고 있었다. 아버지는 도끼를 든 채 꼼짝할 수가 없었다. 일본 사내는 총을 든 채 낄낄대며 웃었다. 도끼를 쥔 아버지 손에 힘이 들어갔다. 재복이도 이가 부득부득 갈렸다. 두 척의 배가 아무런 힘도 쓰지 못하고 질질 끌려가고 있었다.

"빼애애액~ 빽."

멀리서 가지어 소리가 들렸다. 가지어 무리가 재복이네 배 쪽으로 다가오고 있었다. 맨 앞에서 헤엄치는 가지어 등에 하얀 점이 보였다. 조금 전까지 재복이네 배를 따라오던 흰눈이었다.

"흰눈아!"

재복이가 흰눈이를 불렀다. 가지어 무리는 일본 배를 향해 전속력으로 돌진했다. 재복이 몸집의 세 배는 족히 되어 보이는 가지어가 수십 마리였다. 가지어들이 일본 배를 머리로 들이받았다. 피를 흘리며 바다 위에 둥둥 뜬 가지어들이 보였다.

재복이 아버지는 그 틈을 타 재빨리 다시 도끼질을 했다. 팽팽하던 줄이 끊어졌다. 한 무리의 가지어가 또 헤엄쳐 오고 있었다. 또다시 일본 배를 들이받았다. 배가 휘청거렸다. 잘못하면 뒤집어질 판이었다. 가지어가 내는 소리와 일본 배에서 나는 비명이 뒤엉켜 아수라장이 되었다. 흰눈이가 재복이네 배 주변을 맴돌았다.

"흰눈아, 네가 구하러 와 줬구나. 고마워, 흰눈아!"

흰눈이가 재복이 말을 알아들었는지 고개를 물 밖으로 내밀고 빼액! 하고 소리를 냈다. 일본 배에서 총소리가 났다. 배로 달려드는 가지어를 향해 총을 쏘는 것이었다. 하지만 총소리에도 가지어들은 멈추지 않았다. 계속 일본 배를 향해 돌진했다.

"여긴 우리 땅이다. 우리 땅은 우리가 지킨다."

마치 그렇게 외치는 것 같았다. 일본 배들이 서둘러 뱃머리를 돌려 도망쳤다. 재복이와 아저씨들이 만세를 불렀다.

"이겼다. 우리가 이겼어. 만세!"

바다가 검붉게 물들었다. 일본 배는 물러갔지만 가지어 수십 마리가 죽었다. 가지어들이 자신들의 섬을 자신들의 피로 지켜낸 것이다.

재복이 아버지는 독도에 배를 댔다. 재복이가 배에서 뛰어내렸다. 흰눈이가 재복이를 향해 헤엄쳐 왔다. 이제는 저만큼 자란 흰눈이를 재복이가 끌어안았다.

"흰눈아, 잘 살고 있었구나. 보고 싶었어."

흰눈이도 재복이를 빤히 바라보았다. 재복이에게 뭐라 말하는 것 같았다. 재복이와 흰눈이는 그렇게 바닷가에 한참을 앉아 있었다.

재복이 아버지와 아저씨들은 일본인들이 있었던 자리로 갔다. 술병이 나뒹굴고 있었다.

"이런 우라질 놈들! 남의 땅에서 이게 뭔 짓이야!"

털보 아저씨가 술병을 집어던졌다. 술병이 돌에 맞아 깨졌다.

"이 사람아, 그 성질 좀 죽이게. 내 땅에 내가 술병을 깨면 어쩌겠나?"

재복이 아버지의 말에 털보 아저씨가 머리를 긁적이며 미안하다고 했다. 아저씨들은 털보 아저씨가 깬 술병을 치웠다. 술병을 치우던 이장님이 나무 말뚝을 보더니 화를 내며 말했다.

"이놈들이 정말!"

"이장님, 왜 그러세요?"

이장님 손에 들려 있는 나무 말뚝에는 한자로 세 글자가 적혀 있었다.

- 日本領 -

"그게 무슨 뜻입니까?"

누군가 물었다.

"여기가 일본 땅이라는 뜻일세. 아예 우리 땅에 말뚝을 박아버리다니. 이런 나쁜 놈들."

"이장님, 이럴 게 아니라 우리가 독도를 지키는 게 어떻겠습니까?"

재복이 아버지가 이장님에게 물었다. 흰눈이와 놀고 있던 재복이가 아버지를 쳐다보았다.

"그게 무슨 말인가? 우리가 어떻게?"

"저 위에 움막이라도 짓고 지키는 거지요. 저놈들이 언제 또 올지 모르니, 오면 불을 피워 신호하고요. 그럼 울릉도에서 모두 달려오는 겁니다. 이대로 당하고 살 수는 없습니다."

이장님은 말이 없었다. 굳게 다문 입술이 뭔가 결심하는 듯했다. 재복이와 아저씨들은 다시 울릉도로 향했다. 넓적 바위에 올라선 흰눈이가 멀어지는 재복이네 배를 바라보고 있었다. 재복이가 흰눈이를 향해 손을 흔들었다.

"흰눈아, 잘 지내. 또 놀러 올게."

"이런 멍청한 놈들!"

나카이가 사무실 책상을 주먹으로 치며 소리쳤다.

"그까짓 짐승들에게 쫓겨서 도망 오다니 그게 말이 되나?"

"그……, 그게, 강치 수가 너무 많았습니다. 커다란 고래가 달려드는 것 같았습니다."

"뭐라? 총은? 총은 장난감이란 말이냐? 쏴서 죽이면 될 것이 아니냔 말이야."

나카이는 처음 사냥에 나선 어부들이 강치에게 겁을 먹었을까 봐 걱정이었다. 강치는 사냥감일 뿐이었다. 총으로 쏘고 그물을 던져 잡으면 돈이 되는 것인데 그깟 미물에 쫓겨 도망 오다니, 한심하기 짝이 없었다.

그날 이후, 울릉도 주민들은 번갈아 가며 독도에서 며칠씩 머물렀다. 고기잡이도 하며 일본 배가 오는지 지켜보려는 것이었다. 재복이는 아버지가 독도에 가는 날은 꼭 따라나섰다. 아버지를 돕기도 하고 흰눈이도 보기 위해서였다. 흰눈이는 그새 몰라보게 자랐다. 머리 쪽이 점점 하얗게 변하고 있었다. 수컷 가지어는 자라면서 머리 쪽이 하얗게 변한다고 아버지가 알려 주었다. 몸집도 이제 제법 커졌다.

일본 배들이 가끔 독도 근처에 왔지만 그 수가 적었다. 지난번에 왔던 사람들과는 달리 독도 근처 바다에 잠수해서 전복이나 미역을 따 갔다. 일본 배가 오면 독도에서 우리 배가 바로 바다로 나가 큰소리를 내며 일본 배를 쫓아 버렸다. 우리 배가 바다로 가면 가지어도 무리를 지어 바다로 나갔다.

"독도 주인은 우리가 아닌 모양이구나."

그 모습을 보며 아버지가 말했다. 재복이는 아버지를 바라보았다.

"이 땅의 주인은 우리도, 일본도 아니다. 저 가지어들이지. 제 땅을 지키겠다고 저렇게 애쓰고 있지 않느냔 말이다."

일본 배를 쫓아낸 가지어들이 개선장군처럼 독도로 돌아오고 있었다. 바위 위에 올라선 가지어는 빼액! 소리를 질렀다. 감히 이 땅을 넘보지 말라고 말하는 것 같았다. 바위 위에서 햇

볕을 쬐는 가지어들의 모습이 평화로워 보였다.

"순시선을 좀 내주셔야겠습니다."

나카이는 일본 경찰에게 순시선을 요청했다. 경찰은 어렵다고 했다.

"지금 자국의 어민들이 어업 활동을 하다가 공격을 받고 있는데 이대로 보고만 있겠단 말입니까?"

지난번 독도에 보낸 강치잡이 배 세 척이 쫓겨 온 후 나카이는 화가 머리끝까지 나 있었다. 경찰 순시선이 안 되면 군함이라도 동원할 기세였다.

"지금 강치잡이로 버는 돈이 얼마인 줄이나 아십니까? 나 혼자 잘 먹고 잘 살겠다고 이러는 것이 아니란 말입니다. 우리 대일본제국에 도움이 되는 일입니다. 당신들에게는 우리 어선을 보호할 의무가 있습니다."

나카이는 경찰 앞에서도 당당했다. 강치잡이로 큰돈을 벌 수 있는 기회가 눈앞에 있었다. 총과 작살로 잡으려 해도 덤벼들면 포를 쏴서라도 잡아야 했다.

나카이가 강력히 이야기하는 바람에 경찰도 어쩔 수 없었다. 순시선 세 척을 보내기로 약속했다. 나카이는 회심의 미소를 지었다. 독도 강치가 모두 제 것이 되는 일은 이제 시간문제였다.

며칠 뒤, 순시선 세 척을 포함한 수십 척의 배가 오키 항을 출발했다. 나카이가 탄 배가 앞장섰다. 배 위에서 나카이 요자부로가 웃고 있었다.

재복이와 아버지는 독도에서 사흘 동안 머물다가 울릉도로 돌아왔다. 독도와 울릉도를 오가는 생활은 피곤했다. 하지만, 흰눈이도 보고 좋은 일을 하고 있다는 생각에 재복이는 힘든 줄 몰랐다. 재복이와 아버지는 이른 저녁밥을 해 먹고 잠이 들었다. 오래간만에 느껴 보는 편안함이었다.

"형님, 큰일 났어요. 독도에서 봉화가 올랐습니다."

밖에서 누군가 소리쳤다. 잠을 자던 재복이와 재복이 아버지는 밖으로 뛰쳐나왔다. 털보 아저씨가 마당에 서서 독도를 가리켰다. 봉우리에서 연기가 올라오고 있었다. 멀리서는 해가 떠오르고 있었다. 재복이와 아버지는 서둘러 배로 갔다. 울릉도를 출발한 수십 척의 배들이 독도에 도착했을 때는 일본 배들도 도착해 있었다. 그 수가 족히 네 배는 넘어 보였다.

"준비들 해라. 보이는 대로, 닥치는 대로 다 잡아라. 이게 바로 황금어장이다."

"네."

나카이의 명령에 어부들이 강치 사냥 준비를 했다.

"아! 산 채로 잡을 수 있는 건 그렇게 해라. 동물원에 넘기면 돈을 두둑하게 받을 수 있을 거야."

그때 울릉도 어민들의 배가 나카이 눈에 들어왔다.

"저것들은 또 뭐야? 대포 몇 방 쏴서 쫓아 버리시오."

나카이는 경찰이 자기 부하라도 되는 듯 명령했다. 곧바로 순시선이 불을 뿜었다.

"아니, 저놈들이!"

어민들 배 근처에 포탄이 떨어졌다. 포탄 때문에 파도가 일었고 배가 기우뚱했다. 이쪽은 모두 고기잡이 배였다. 상대가 되지 않았다. 앞으로 나가지 못하고 주춤거리고 있었다. 그때 재복이네 배가 일본 배를 향해 속도를 높였다.

"아버지!"

재복이가 아버지를 바라봤다. 아버지는 그런 재복이를 보고 웃었다.

"재복아, 죽을 줄 알고도 달려드는 가지어들 봤지? 살려고 마음먹으면 절대 못 지킨다."

재복이도 아버지를 보고 고개를 끄덕였다. 재복이네 배가 빠른 속도로 내달렸다. 그때였다. 언제 왔는지 흰눈이가 배 옆에서 같이 헤엄쳤다.

"흰눈아!"

재복이가 흰눈이를 알아보았다. 흰눈이도 재복이를 보았는지 빼액! 하며 큰소리로 울었다. 재복이는 흰눈이 마음을 알 것 같았다. 둘은 이제 마음을 나누는 둘도 없는 친구였다. 재복이가 헤엄치는 흰눈이를 보며 웃었다.

흰눈이의 울음소리와 동시에 갑자기 바다에 큰 물결이 일었다. 지난번보다 더 많은 수의 가지어들이 흰눈이 뒤를 따랐다. 가지어 떼는 어느새 재복이네 배를 앞질러 일본 배를 향해 헤엄쳤다. 재복이 아버지가 잠시 속도를 늦췄다. 가지어 떼가 점점 멀어지고 있었다. 일본 배에서는 총소리가 끊이지 않았다. 바다가 점점 붉게 물들어 가고 있었다.

재복이 눈에서 뜨거운 눈물이 흘렀다. 멀리 흰눈이가 보였다. 등에 있는 흰 점이 선명하게 보였다. 흰눈이가 속도를 더 높이더니 물 밖으로 뛰어올랐다. 머리로 배를 들이받기 위해서였다. 그때 총소리가 울렸다. 흰눈이가 그대로 뒤로 넘어갔다.

"흰눈아!"

재복이가 소리쳤다. 흰눈이는 그대로 바닷속으로 가라앉았다. 일본 배에서는 총이 불을 뿜었고, 작살이 계속 바다로 던져졌다.

"그만해! 그만하라고, 이 나쁜 자식들아!"

재복이는 일본 배를 향해 소리를 질렀다. 순시선에서는 포탄이 계속 날아왔다. 포탄 때문에 더 이상 앞으로 나갈 수 없었다. 울릉도 사람들은 눈물을 머금고 돌아왔다. 그날, 독도 앞바다는 피로 물들었다. 재복이는 독도를 바라보며 며칠 동안 눈물만 흘렸다. 억울하고 분해서 흐르는 눈물이었다.

그것은 시작에 불과했다. 나카이는 제집 마당에서 사냥하듯 강치들을 잡아갔다. 강치 수가 줄어들자 어린 새끼들까지 모조리 잡아들였다. 나카이는 강치를 잡아 자신의 배를 불리기 급급했다. 그렇게 삼십여 년 동안 독도 바다를 드나들었다. 이제 독도 바다 어디에서도 강치를 찾아볼 수 없었다.

나이 지긋한 노인이 손주를 데리고 한가롭게 동물원을 둘러보고 있었다.

"할아버지, 빨리 와 봐요. 강치예요. 여기 강치가 있어요."

노인은 지팡이를 짚고 서서 손주가 가리키는 곳을 바라봤다.

"그래. 강치구나. 오래간만에 보는구나."

"할아버지, 다케시마에는 강치가 많이 살았다면서요?"

"그랬지. 조선인들이 마구잡이로 잡아들이는 바람에 이제는 거의 없지만 말이다."

"조선 사람들 나빠요. 귀여운 강치를 다 잡아가다니."

노인은 씁쓸한 미소를 지었다. 그 옛날 독도에 살던 많은 강치들을 모조리 잡아들인 건 자신이었다. 하지만 그 말은 끝내 손주에게는 하지 않았다. 말하지 않으면 자신의 잘못이 덮이기라도 하듯.

수염이 덥수룩한 사내가 배를 몰아 독도로 향했다. 재복이었다. 삼십 년 전 재복이만 했던 아들과 함께였다.

"아버지, 여기 강치가 많이 살았다면서요?"

"그렇지. 저 바위에 참 많았지."

"그런데 지금은 왜 없어요?"

재복이는 한참 동안 말이 없었다. 아들에게 뭐라고 답을 해 줘야 할지 선뜻 생각나지 않았다. 그는 조용히 독도를 바라보다가 천천히 입을 열었다.

"예전에 이곳에 이 아비의 친구가 살았단다. 왜놈들로부터 이 섬을 지켜 내기 위해 맨몸으로 맞서 싸웠지. 지금도 어딘가에 그 친구의 후손들이 살아 있을 것만 같구나."

"아버지 친구요?"

"그래. 아주 용감한 친구였단다."

재복이는 배를 몰아 섬을 한 바퀴 돌았다. 흰눈이를 닮은 강치가 배 옆으로 불쑥 나타날 것만 같았다. 하지만 이 섬의 주인 이었던 강치는 찾아볼 수 없었다.

독도는 두근두근해

임지형

아무래도 내 심장이 고장 난 것 같다. 틀림없다. 그렇지 않고서야 하루에도 몇 번씩 갑자기 빨리 뛰는 현상을 설명할 길이 없다.

내 나이 열다섯. 키 168센티미터, 몸무게 57.4킬로그램. 오랫동안 앓은 병이 있는 것도 아니고, 다른 애들처럼 몰래 담배를 피우는 것도 아니다. 50미터 달리기를 7초 29에 뛰고 턱걸이는 한 번에 12개까지 한다. 롤(온라인 게임 '리그 오브 레전드'의 줄임말) 티어는 플래티넘 2. 중학교 다니면서 이 정도면 상당한 실력이다. 그러니까 한마디로 내 몸은 멀쩡한 것을 넘어서 완전 건강한 편이라는 것이다.

그런데 왜? 도대체 왜 툭하면 가슴이 벌렁거리고 쿵쾅거려서 병을 의심하게 만드느냐, 이 말이다.

"정한울! 뭐 해?"

급식실 앞에서 멍하니 서 있자 윤지윤이 나를 툭 친다.

"어? 그, 그냥."

"그냥 뭐? 교실 안 가?"

"가……, 가."

얼떨결에 말을 심하게 더듬었다. 그러고 나니 쪽팔려서 순식간에 온 얼굴에 열이 퍼졌다. 얼굴 빨개지는 것까지 보이면 대참사인데, 다행히 윤지윤은 그건 못 본 것 같다. 그냥 피식, 웃으며 지나갔다. 평소보다 더 찰랑거리는 머리에서는 달콤한 과일 향이 났고, 약간 까무잡잡한 피부는 오늘따라 더 빛을 뿜어낸다.

두근두근, 두근.

헉, 그런데 이건 또 무슨 일인가? 또다시 심장이 발랑거리며 두근거린다. 후우, 응급조치로 일단 숨을 크게 들이쉬었다가 내뱉었다. 그나마 조금은 나았다. 하지만 평소처럼 잠잠해지기까지는 시간이 좀 걸렸다. 몇 번을 거듭 들이쉬고 내쉬자 두근거림이 겨우 잦아들었다. 그제야 나는 교실로 향할 수 있었다.

윤지윤. 이 애는 사실 나와 운명적으로 엮인 사이다. 이렇게 말하니 꽤 거창한데, 이렇게 표현할 수밖에 없다. 태어날 때부터 알던 사이니까.

우리 엄마가 37살에 나를 낳으셨는데, 그때 27살인 지윤이 엄마와 해바라기 산후조리원에서 만났다고 한다. 나이는 10살 차이지만 같은 시기에 아이를 낳았다는 동지애로 끈끈하게 친해진 모양이다. 그 덕에 우린 원하든 원치 않든 자연스레 산후조리원 동기가 됐다. 게다가 지윤이네가 사는 아파트가 우리 집 건너편 동이어서, 서로의 집을 수시로 들락거렸다.

엄마와 지윤이 엄마는 곧 언니 동생으로 지냈고, 나와 지윤이는 거의 남매처럼 자랐다. 그래서 나는 한 번도 지윤이를 다르게 생각해 본 적이 없다.

그런데, 왜! 요즘 들어 지윤이만 보면 내 심장이 발랑거리다 못해 튀어나올 것처럼 요동치는 걸까? 왜 틈만 나면 윤지윤, 글씨 쓸 때 소매가 더러워진다고 뽀로로에 나오는 분홍 루피 캐릭터 토시나 끼고 다니는 유치한 애가 떠오르는지 도무지 이유를 모르겠다.

“오늘은 세계 속의 우리나라, 특히 소중한 우리 땅인 독도에 관해 살펴볼 겁니다. 먼저 독도의 지리적 특성부터 알아보자면…….”

5교시 사회 수업은 진즉에 시작됐다. 하지만 내 마음과 귀는 이미 다른 곳에서 유령처럼 떠돌고 있었다. 이지영 선생님의 말은 왼쪽 귀를 통과해서 오른쪽 귀로 자연스럽게 흘러 나가는 신박함을 보여 주고 있었다.

지금 이 상황에 독도 이야기 따위가 귀에 들어올 리가 없지 않은가. 내 소중한 심장이 자꾸만 벌렁대 이러다 중학교도 졸업 못 하고 죽을지도 모르는데. 그런 위급한 순간에 한가하게 독도에 대해 듣고 있을 수는 없다. 그리고 나는 가끔 집에 찾아오는 노총각 외삼촌한테 군 생활 대신 했던 독도경비대 의경 활동에 대해 자주 들어 별로 관심도 없다.

“독도는 행정구역상 경상북도 울릉군 울릉읍 독도리로, 우리나라 영토에서 가장 동쪽에 있어요. 화산 폭발로 만들어진 화산섬이죠.”

나는 본격적으로 교과서의 독도 사진 옆에 메모를 하기 시작했다. 내 심장이 고장 난 원인과 그 이유에 대해 적었다.

첫 번째, 수면 부족. 내 하루 일과는, 일단 학원 끝나고 집에 와서 저녁 먹고 숙제하고 나면 10시부터 새벽 3시까지 게임을 한다. 물론 그것만 하는 건 아니다. 폰으로 유튜브나 트위치도 본다. 그러다 보니 평균 수면 시간은 4시간 정도 된다. 이렇게 보니 왠지 수면 부족 때문인 것 같기도 하다. 하지만 이건 중1 때부터 해 왔던 건데? 그리고 이 정도는 대한민국 중딩이라면 다 하지 않나? 음, 이건 아닌 것 같다. 일단 보류!

두 번째, 편식. 나는 채소는 지독히 싫어하고 고기는 엄청 좋아한다. 하루 세끼를 고기만 먹어도 질리지 않는다. 물론 고기만 먹을 때 엄마는 잔소리와 짜증을 메들리로 섞어서 쏘아 대지만, 그 정도에 무너질 내가 아니다. 성장기에 이 정도는 당연한 것 아닌가. 아, 생각해 보니 요즘에 고기를 덜 먹었다. 그래서 그런 건가? 평소에 비해 고기 양이 터무니없이 부족해서? 그래, 그럴 수도 있다. 그럼 일단 가능성 인정!

"자, 지리적 특성을 알아봤으니 지리적 가치에 대해서 말해 볼게요. 이것은 매우 중요한데, 어쩌면 일본이 독도를 호시탐탐 노리는 이유가 바로 이것 때문이 아닐까 싶어요. 독도는 군사적, 지리적, 안보적으로 아주 중요한 위치에 있거든요. 북한 연안을 따라 남쪽으로 흐르는 북한 한류와 동한 난류가 교차하는 곳이라, 어류의 먹이가 되는 플랑크톤이 많아 수산물이 매우 풍부해요. 특히 오징어, 대구, 연어, 미역, 전복, 해삼 등이 많습니다."

또 뭐가 있을까? 물꼬가 터진 내 생각만큼이나 이지영 선생님의 독도 이야기도 빠른 랩처럼 계속 이어졌다. 그나저나 울릉도 오징어는 꽤 맛있는데 요즘은 왜 외삼촌이 오징어를 안 보내 주는지 모르겠다. 독도를 떠났어도 자주 그곳에서 수산물을 주문해 우리 집에도 보내 줬는데. 고기만큼은 아니지만, 전복이나 오징어는 내 최애 수산물이다. 집에 가면 엄마한테 물어봐야겠다.

'뭐야, 지금 이게 중요한 게 아니잖아?'

나는 다시 남은 원인을 생각해 봤다. 문득 유전적 원인이 떠올랐다. 어쩌면 집안에 심장에 문제가 있는 가족이 있는데 내내 모르다가 지금에서야 나타난 건 아닐까?

그런데 누구 때문이지? 엄마? 엄마 말로는 나를 낳을 때 노산이라 걱정을 많이 했다고 했다. 하지만 요즘으로 따지면 노산 축에도 못 낀다. 게다가 엄마는 슈퍼 동안이라 세 살 어린 아빠보다 더 젊어 보인다. 한마디로 심장에 문제가 있단 소리를 들어 본 적이 없다. 아빠도 마찬가지다. 특별한 지병 없이 지금까지 건강하다.

"역사를 거슬러 올라가 보자면 독도는 512년에 우산국, 그러니까 지금의 울릉도가 신라로 편입되면서 우리 영토가 됐어요. 그 이후에도 여러 역사적 기록에 우리 영토임이 표기돼 있어요. 1531년에 만들어진 팔도총도, 1785년 삼국접양지도, 1877년의 태정관 지령, 1900년대의 대한제국 칙령 제41호에도 우리 땅으로 기록돼 있죠."

'그래, 독도는 확실히 우리 땅이 맞기는 하지. 외삼촌도 늘 그렇게 말했으니까.'

나는 이지영 선생님의 설명에 틈틈이 딴생각을 덧붙이며 계속 내 심장이 벌렁대는 원인을 찾아내려 했다. 그런데 더 이상 떠오르지 않았다. 한숨이 푹 나왔다.

그때 문득 스트레스가 떠올랐다.

"나는 스트레스 받잖아? 그럼 심장이 마구 쪼이면서 숨을 쉴 수가 없다니까."

언젠가 재욱이가 한 말이 생각났다. 재욱이는 성적 때문에 늘 힘들어하는데, 특히 성적이 나올 때쯤이면 거의 반은 미쳐 있다. 그런 재욱이를 보면 엄청 안타까웠지만 사실 공감은 안 됐다.

나는 재욱이와는 완전 다른 삶을 살고 있기 때문이다. 대한민국에 몇 퍼센트 안 되는 훌륭한 방임주의자이신 부모님 아래 살고 있어 한 번도 성적으로 스트레스를 받은 적이 없다. 고로 내가 스트레스를 받을 일은 게임에서 레벨 업을 코앞에 두고 문제가 생겼을 때뿐이다. 그러니 스트레스도 딱히 원인은 아닌 것 같다.

'아, 대체 그럼 원인이 뭐냐고.'

짜증이 나서 메모하던 곳을 연필로 쭉쭉 그었다.

그때였다. 스멀스멀 서늘한 기운이 이는 동시에 머리 위로 뜨거운 기운이 확 몰려오는 게 느껴졌다. 마치 그늘 아래 있다가 직선으로 내리쬐는 태양 아래 서 있는 기분이랄까.

"한울이 너는 오늘 수업이 재미없나 보다. 뭐야? 독도 사진 옆엔 뭐라고 쓴 거야?"

"아니, 그, 그게 아니라요, 저기……."

나는 얼른 손으로 책을 가렸다. 하지만 선생님 눈은 손으로 가린 책을 뚫을 기세였다.

"수면 부족, 편식, 유전적 원인, 심리적 원인. 이게 뭐야? 독도가 어디 아프대? 난 네가 이렇게 독도를 걱정하고 있을 거라고는 생각도 못 했네?"

깔깔대는 아이들 웃음소리가 알람을 맞춰 놓은 듯 곧바로 이어졌다. 내 얼굴이 빨간 신호등처럼 붉어진 것 같다. 어떻게 해야 이 상황을 자연스럽게 빠져나갈 수 있을지 필사적으로 생각했다.

"그러니까요, 제가 문제는 아니고요, 그 뭐냐? 네, 일본 애들이 문제라는 거죠. 걔들이 자꾸 독도를 자기네 땅이라고 우기잖아요? 그건 분명히 유전적으로 조상이 이상해서 그런 게 아닐까요."

하지만 내 입에서는 거의 아무 말 대잔치 수준의 말이 마구 쏟아져 나왔다. 교실 안은 아까보다 더 소란스러워졌다. 이지영 선생님의 어이없는 표정이 보너스로 따라왔다.

"그으래? 계속해 봐."

"또……, 일본 정치인들이 수면 부족이라 그런 건 아닐까요? 역사적으로 증거가 많은데 그런 억지를 부리는 건 잠을 못 자서 뇌가 안 돌아가 그런 것 아닐까 하는 합리적인 의심이 들어요. 아니면 방사능에 오염된 음식을 먹어서 머리가 이상해졌거나, 그것도 아니면 조선시대부터 끊임없이 우리나라를 노렸지만 빼앗지 못한 열등감이 자손 대대로 내려와 지금도 우기는 것이 아닐까 하는……."

마지막 말은 끝맺지도 못했다. 말을 하다 보니 말도 안 되는 소리를 하고 있는 나를 내 스스로도 못 견딜 것 같았다. 이래서 엄마가 나에게 말로 야단치기보다는 손을 먼저 쓰는 건지도 모르겠다.

그런데 처음엔 킥킥거리던 아이들 중 몇몇은 그럴듯하다는 표정을 지어 나를 당황하게 만들었다. 만약 선생님만 없었다면 나는 "야, 이런 이상한 소리에 동의하지 말라고!" 하고 외쳤을 것이다.

"자, 그러니까 네 말을 종합해 보면 일본이 독도를 자기네 땅이라고 주장하는 이유는 유전적 원인이 있거나 심리적 원인 때문이다?"

"뭐, 꼭 그렇다기보다는 그렇지 않을까 하는 제 나름의 경험적 인지적 추론이라고나 할까요?"

말하고 난 후 뒤통수가 뜨겁기는 또 처음이었다. 어찌나 민망하던지 애꿎은 귀만 잡아당겼다. 이지영 선생님이 그런 나를 보고 피식 웃었다. 왠지 더는 혼나지 않을 것 같다는 예감이 들었다.

"어때요? 여러분이 생각하기에도 한울이 말이 맞는 것 같나요? 동의해요?"

아이들은 아무도 대답하지 않았다. 애매한 일을 해결하는 데 침묵만큼 좋은 것은 없다.

선생님은 말없이 교탁으로 갔다.

"사회가 외울 게 많아서 인기 과목이 아니라는 것쯤은 나도 잘 알아요. 그래도 독도 부분은 여러분이 좀 신경 썼으면 좋겠어요. 아까 한울이가 말한 것처럼 일본과의 영토 분쟁이 지금도 여전히 현재 진행 중이니까요. 알아야 적어도 눈 뜨고 당하는 일이 없습니다. 자, 그런 의미에서 이번 수행평가는 '독도를 사랑하는 나만의 방법'을 준비해 제출하는 것으로 하겠습니다."

선생님이 웃으며 수업을 마무리 지었다. 자연스러웠다.

하지만 아이들은 쉽게 넘어가지 않았다. 여기저기에서 원망 섞인 탄식이 흘러나왔다. 마치 내가 모든 일의 원흉인 것처럼 힐난의 눈빛을 보내는 아이들도 있었다. 억울했다. 어차피 사회 수행평가는 이미 학기 초에 안내가 있었다.

소란한 틈 사이로 윤지윤이 손을 들었다.

"선생님! 독도에 관한 책을 읽고 독후감 같은 걸 쓰면 되는 건가요? 아니면 다른 사람에게 독도에 대해 알리는 자료를 만드는 건가요?"

"뭐든 괜찮아요. 그림을 그려도 좋고 영상을 만들어도 좋아요. 대신 여러분이 직접 해야 해요. 남의 것을 베껴 오면 통과시켜 주지 않을 겁니다. 제출 기한은 이달 말까지. 아직 3주나 남았으니 천천히 준비해도 됩니다. 이상, 수업 끝!"

지윤이 덕에 난처한 상황은 바로 끝났다. 선생님이 교실을 나가자마자 나도 모르게 지윤이 쪽을 봤다. 지윤이와 눈이 마주쳤다. 지윤이가 입 모양으로 '내 덕에 살았지?' 한다. 순간 아까 선생님이 질문한 것보다 더 당황스러워 얼굴이 또 금세 빨개졌다. 심장도 발딱댔다. 이 정도면 뭔가 문제가 있어도 단단히 있는 게 분명하다.

"한울아! 너 사회 수행평가 어떻게 할 생각이야?"

수업을 마치고 집으로 가려는데 지윤이가 물었다.

"아직 아무 생각 안 해 봤어."

나는 아무 생각이 없었다. 왜냐하면 정말 아무 생각이 없었기 때문이다. 가끔 엄마는 내가 가만히 있으면 무슨 생각을 하느냐고 묻는데, 사실 그때마다 아무 생각이 없었다. 지금도 마찬가지였다.

"참으로 딱 너답다!"

지윤이가 쯧쯧 소리만 안 냈지 굉장히 한심스럽다는 표정을 지었다. 분명 평소 말투인데 무시당한 것 같아 기분이 상했다. 약간 부끄럽기도 했다. 열은 왜 자꾸 오르는지. 얼굴이 홧홧거렸다.

"그러는 너님은 뭐 생각한 거나 있으시고?"

나도 모르게 발끈해 비아냥거리는 말투가 나왔다.

"당연하지. 내가 님이랑 같은 줄 아심?"

"아, 눼, 눼, 어련하시려고요. 그래, 어떤 것인뎁쇼?"

"이거!"

지윤이가 스마트폰을 내 앞으로 쑥 내밀었다. 화면에는 학교 알림 앱이 떠 있었는데 우리 학교 학생회에서 '독도 바로 알기 캠페인'을 연다는 포스터가 보였다. 참여할 학생은 신청하라는 신청 링크도 있었다.

“나는 이 캠페인에 참여하고 나서 느낀 점과 실천할 수 있는 것들을 정리해서 보고서를 만들려고.”

이미 신청까지 마쳤는지 지윤이는 야무지게 말했다. 유치원 때부터 느낀 거지만, 참 다부진 게 동갑이 아니라 누나 같다.

“그러지 말고 한울이 너도 나랑 같이 이거 하자. 너는 컴퓨터로 영상 편집 잘하잖아? 학생회에서 하는 활동, 네가 찍어서 영상으로 만들면 될 것 같은데?”

“이야, 이제 보니 지윤이 너는 다 계획이 있었구나?”

영화 대사를 흉내 내서 그런지 지윤이가 깔깔 웃었다. 그러곤 내 어깨를 툭 쳤다.

“신청은 내가 해 둘게. 나중에 같이 가자.”

아직 마음의 준비가 끝난 것도 아닌데……. 한마디 하려고 하는데 지윤이는 제멋대로 결정을 내리고 손을 흔들더니 쌩하니 밖으로 나갔다.

그런데 이건 또 뭐야? 왜 가슴은 두근거리는데?

“어? 외삼촌! 언제 왔어요?”

“오올, 우리 한울이! 많이 컸네? 잘 있었냐?”

집에 가니 외삼촌이 와 있었다. 몇 달 만에 본 외삼촌은 조금 더 꼬질꼬질해 보였고, 조금 더 나이 들어 보였다. 노총각 티가

역력했다. 엄마가 보면 잔소리 대방출은 시간문제인 것 같았다.

"나야, 잘 있지 않…… 나? 아니야, 잘 있을 거야."

"얀마, 무슨 대답이 그래? 잘 있으면 잘 있는 거고 아니면 아닌 거지."

"아니 뭐, 그런 게 있어요."

오랜만에 외삼촌을 보니까 다시 내 고민이 떠올랐다. 외삼촌은 엄마와 12살 차이가 나는데, 나와는 거의 친구처럼 지낸다. 그래서 어릴 때부터 내 고민 상담은 외삼촌의 몫이었다. 물론 알고 보면 내 고민의 99퍼센트를 엄마와 공유한 상태였지만.

"근데 외삼촌, 오늘 웬일로 왔어요?"

"웬일은, 너희 어머니께서 친히 미역국을 끓여 주시겠다고 굳이 오라고 해서 온 거지."

"미역국? 미역국은 왜?"

묻는 도중에 생각이 났다.

"아, 외삼촌. 오늘 생일이구나? 미안, 깜빡했네."

"짜식, 사내놈은 그런 것 다 기억하는 거 아니야. 괜찮아."

"괜찮긴 뭐가 괜찮아? 네가 그러니까 여태 결혼을 못 하고 있는 거지."

어느새 장바구니 가득 장을 봐 온 엄마가 내 뒤에 있었다.

"아니, 남자가 일일이 그런 거 신경 쓰면 쪼잔하지."

"얘, 노총각 아저씨! 정신 차리세요. 너 그러다 진짜 결혼 못 하는 수가 있다. 요새 어떤 여자가 기념일 같은 걸 하찮게 여기는 남자와 사귀고 싶겠어? 너 그런 거 함부로 한울이한테 전수하지 마! 쟤도 너처럼 결혼 못 하면 아주 골치 아플 테니까."

"아이, 엄마는 뭐래?"

엄마가 결혼이라고 말을 하는데 왜 지윤이 얼굴이 바로 스쳐가는지 모르겠다. 금세 얼굴이 뜨끈해졌다.

"넌 왜 얼굴이 빨개지는데? 뭐냐? 너 연애해?"

"아놔, 외삼촌은 또 왜 이래? 그런 거 아니거든요."

너무 당황한 나머지 벌컥 소리를 지르고 말았다. 순간 외삼촌이 깜짝 놀라는 것 같더니 실실 웃기 시작했다. 왜 소리를 지르냐며 화를 내는 것보다 뭔가를 알고 있는 것처럼 능글맞게 웃는 모습이 더 싫었다.

"나 방에 들어갈 거예요."

나는 씩씩거렸다. 그러자 등 뒤에서 엄마가 외삼촌에게 한마디 하는 소리가 들렸다.

"밥 다 할 때까지 넌 한숨 자던지."

"그럴까?"

나는 외삼촌의 천연덕스러운 대답을 들으며 내 방으로 들어갔다.

방에 들어온 나는 침대에 벌렁 누웠다. 요즘 내 감정 상태는 정말이지 롤러코스터가 따로 없다. 남들 다 지난 사춘기를 이제야 보내는 건지. 아주 가지가지 하는 게 한숨이 절로 나왔다.

"똑똑."

그때 외삼촌이 입으로 노크 소리를 내며 방으로 들어왔다.

"자, 정한울! 솔직하게 말해 봐. 이 외삼촌이 다 들어줄 테니까."

"아, 뭘?"

나는 숨기고 싶은 비밀이 들통난 것처럼 소리를 질렀다.

"짜식, 다 아니까 얘기해 봐. 괜찮아. 비밀 엄수할 테니까 맘껏 말해 보라니까."

"없어요. 없습니다."

"어허! 딱 봐도 있는데 뭐가 없어? 너 연애하지?"

"아이참, 그게 아니라니까."

나는 누워 있다가 벌떡 일어났다. 외삼촌의 깐죽거림을 더 이상 견딜 수가 없었다.

"그게 아니면 뭔데? 왜 아무것도 아닌 말에 얼굴 빨개지고 소리 지르는데?"

외삼촌의 눈은 이미 베테랑급 형사 눈으로 돌변해 있었다. 외삼촌은 실제로도 형사다.

"참, 외삼촌! 외삼촌 독도경비대 했을 때 얘기 좀 해 줘."

"갑자기 독도경비대 이야기는 왜?"

"사회 수행평가 있거든. 독도를 사랑하는 나만의 방법을 생각해 보라는데, 내가 아는 게 있어야지."

"아, 그렇군! 캬아, 간만에 독도경비대 이야기를 하려니 또 눈물이 앞을 가리는구나. 근데 너, 남자들이 군대 이야기 시작하면 개미지옥 되는데, 그래도 괜찮아?"

"괜찮습니다. 차라리 지금은 개미지옥이면 좋겠네요."

나는 책상으로 가 노트를 하나 꺼냈다. 혹시라도 외삼촌 이야기 중에 건질 만한 게 있으면 메모할 생각이었다.

"내가 독도경비대를 간 건 대학교 2학년 때였어. 그때 사귀던 여자 친구와 헤어지고 어디든 걔가 안 보이는 곳에서 지내고 싶었거든. 근데 마침 독도경비대 모집 공고를 본 거야. 사실 독도경비대는 의경 소속이긴 한데, 일반 의경과는 달리 경북 지방청에서 별도 선발 과정을 치러야 해. 체력 시험이 장난 아니었고, 그 시험을 본 후엔 면접을 보고 점수를 매겨서 점수순으로 선발하는 방식이었어."

"오, 그런 곳에 외삼촌이 합격을 했다는 거야?"

"물론이지. 네가 외삼촌을 물로 보는데, 그때 외삼촌 아주 끝내줬다."

"끝내줬는데 여자 친구한테 차였어요?"라고 말하고 싶었지만 꾹 참았다. 괜히 이상한 데로 이야기가 튀면 곤란한 일밖에 안 생기니까.

"야, 한울아! 너 팔굽혀펴기 몇 개 해?"

나는 눈만 멀뚱멀뚱 뜬 채 아무 말 안 했다. 사실 거의 안 해 봐서 몇 개나 하는지 모른다.

"너 하나도 못 하는 거 아니야? 남자는 근력이다. 너 지금부터라도 매일 조금씩이라도 해. 외삼촌은 그때 팔굽혀펴기 100개, 윗몸일으키기 100개를 매일 아침저녁으로 반복해서 했어. 그래서 무사히 체력 시험에 합격했는데, 나중에 보니까 20명 뽑는데 200~300명 정도 모였다 하더라고."

"오!"

일단 맞장구를 쳐 줬다. 경쟁이 치열한 건 맞으니 이 정도 추임새는 넣어 줘야 말할 맛이 날 것이다.

"아무튼 그렇게 꿈에 그리던 독도 생활을 시작했는데 말이야, 진짜 끝내줬다. 우리가 하는 일은 주로 독도를 수호하는 것이었지만 관광객이 오면 그들의 안전을 위해 최선을 다했어. 그래서 봄, 여름, 가을이 가장 바빴지. 뜨거운 태양과 햇빛이 반사된 파도를 보면 무슨 보석을 보는 것 같았어. 엄청나게 더워 탈수 증세를 일으키는 사람도 많긴 했지만, 그래도 안전하고 좋은 경험이 될 수 있게 항상 친절하게 근무를 했다고."

외삼촌은 마치 그때의 태양 아래에 있는 듯 아련한 표정을 지으며 계속 말했다.

"근데 날씨가 좋아도 파도가 강하면 6시간씩 배 타고 들어왔는데도 접안을 못 하고 먼발치에서 독도를 바라만 보다가 돌아가는 경우가 많았어. 오죽하면 삼대가 덕을 쌓아야 접안을 할 수 있다는 말이 있겠니.

아무튼 그곳에 관광객이 없을 땐 지형 탐사도 했고 전투 수영도 하면서 시간을 보냈지. 그때 보트 운전을 배워서 자격증도 있어. 그러고 보면 그때 보트 타고 다니면서 본 바다가 내 평생 우리나라에서 본 바다 중 가장 아름다웠어."

"접안이 뭐야?"

"아, 무식한 놈. 접안이란 배를 선착지에 안전하게 대는 걸 말하는 거야."

"아!"

나는 고개를 끄덕이며 노트에 접안이라는 단어 하나만 썼다. 솔직히 딱히 뭘 써야 할지 몰랐다.

"한울아, 내가 독도에 있으면서 제일 많이 한 생각이 뭔 줄 알아?"

"그걸 내가 어떻게 알아요?"

"그래, 독도 한번 안 가 본 네가 뭘 알겠냐. 내가 독도에 있을 때 가장 많이 한 생각은 소중한 건 있을 때 잘 지켜야 한다는 거야. 사실 독도경비대는 6.25때 울릉도 주민이었던 홍순칠이라는 분이 일본인들이 독도에 침입했다는 소식을 듣고 독도를 지키기 위해 제대한 군인을 중심으로 '독도의용경비대'를 만들면서 시작된 거야. 그래서 그때부터 수시로 독도를 침입한 일본 경비정을 퇴각시킬 수 있었지."

이런 이야기는 처음 들어 봤다. 아니, 들었는데 한 귀로 흘렸나? 여하튼 다른 이야기는 몰라도 이 부분은 왠지 적어 놔야 할 것 같았다.

"정말 소중한 건 있을 때 잘 지켜야 해. 독도에 의용경비대가 없었다면 아마 이미 독도를 일본에 빼앗겼을걸? 그러니까 독도를 지키기 위해선 먼저 독도에 대해 잘 알아야 해. 사람들은 일본이 문제를 일으킬 때만 부르르 공분하다가 잊어버리는데, 너는 그러지 말아라. 알겠지?"

대답 없이 고개만 끄덕였다. 딱히 반박할 말도, 하고 싶은 말도 없었다.

"자, 이제 너의 고민을 말해 봐. 뭐야?"

역시 외삼촌은 그냥 넘어갈 사람이 아니었다. 능구렁이처럼 은근슬쩍 내 얘기로 쓱 넘어왔다.

나는 외삼촌을 빤히 쳐다봤다. 왠지 모든 걸 털어놓지 않으면 안 될 것 같아 가슴이 두근두근 뛰었다.

"내가 말이야, 요새 이상해. 가슴이 갑자기 마구 뛰어. 그리고 수시로 얼굴도 빨개져. 혹시 우리 집안에 심장에 문제 있었던 사람 있었어요?"

"심장?"

외삼촌은 딱 한마디 하고 나서 나를 빤히 쳐다봤다.

"누구 앞에서 그러는데?"

"그, 그게 아니야. 아무도……."

"아무도 아니긴! 누군가를 보거나 생각했을 때 그럴 거 아니야?"

"그게……, 아, 몰라. 외삼촌 나가!"

나는 또 한 번 벌컥 소리를 질렀다. 차마 지윤이라고 말을 할 수가 없었다. 지윤이라면 외삼촌도 너무 잘 안다. 혹시라도 외삼촌이 지윤이를 보고 이상한 소리를 하면 절대 안 된다.

"알았다. 아무튼 이거 하나만 기억해라. 소중한 건 있을 때 잘 지켜야 해. 특히 좋아하는 사람이라면 더더욱 말이야. 하하하하."

외삼촌은 민망하게 계속 큰 소리로 웃으며 방문을 닫고 나가 버렸다.

내 방은 다시 조용해졌다. 부엌에서 흘러 들어온 고소한 냄새가 방에 잠시 머물렀다. 그나저나 방금 외삼촌이 뭐라고 했지?

"소중한 건 있을 때 잘 지키라고? 특히 좋아하는 사람이면 더더욱?"

켁! 좋아하는 사람이라고? 그러니까 나 정한울이 윤지윤을 좋아한다고? 말도 안 돼! 세상에, 그럼 지금까지 그것 때문에 내 가슴이 그렇게 마구 뛰었던 거라고? 아니다. 이건 정말 말도 안 되는 이야기다.

"진심 너희들 덕에 살았다."

학생회장인 수인이 형이 나와 지윤이를 보고 너스레를 떨었다. 지윤이와 내가 자원봉사를 하겠다고 신청한 '독도 바로 알기 캠페인' 참여율이 워낙에 저조하니 그럴 수밖에. 그런데 어떻게 홍보했기에 지윤이와 나를 포함해도 자원봉사자가 열 명이 채 되지 않는 거지?

"이 캠페인은 내가 학생회장 선거에 출마하면서 첫 번째 공약으로 내세운 거거든. 그러니까 반드시 해야 할 것 중 하난데, 선거 끝나니까 아이들 관심이 식어서 그런지 신청자가 너무 적더라고. 근데 학생회 임원들만 하면 그것도 꼴불견이잖아."

하기야 그들만의 리그도 아니고 자기들이 내세우고 자기들만

하는 건 진짜 볼썽사나울 것 같긴 하다. 그리고 수인이 형 말대로 독도 문제는 일본이 도발했을 때나 대동단결해서 관심 갖지, 언론도 일반인도 꾸준히 관심을 보이지는 않는다. 사실 나도 그 일반인에 속해서, 이번 수행평가가 아니었다면 적극적으로 관심을 보이지 않았을 것이다.

수인이 형은 우리에게 인쇄물을 나눠 주었다. 거기에는 캠페인의 취지와 진행 그리고 독도에 관해 어떻게 이야기를 하면 되는지 등의 정보들이 A4용지 서너 장에 빼곡히 정리돼 있었다.

'오! 이거 수행평가에 상당히 도움되겠는걸? 개꿀!'

오기 싫었는데 기분이 좋아졌다.

수인이 형이 말을 이었다.

"캠페인은 이번 주 일요일 오전 10시부터 오후 2시까지 학교 건너편 시민공원 광장에서 할 거야. 시민들 대상으로 캠페인을 하면서 배지와 전단지도 나눠 줄 거니까 그렇게 알고 있으면 돼."

수인이 형은 말 한마디 한마디를 누가 봐도 학생회장답게 차분하고 의젓하게 잘했다. 키도 크고 공부도 잘한다던데 말까지 잘하니 왜 다들 '인싸'라고 하는지 알 것 같았다.

슬쩍 왼쪽으로 고개를 돌렸다. 지윤이가 보였다. 지윤이는 내가 자신을 바라보는지도 모르고 수인이 형을 쳐다보고 있었다.

그런데 그 눈빛이 어찌나 반짝이는지, 아주 꿀이 뚝뚝 떨어지게 생겼다.

'재 뭐야?'

순간 기분이 상했다. 동시에 심장이 빠르게 뛰면서 손에 땀도 났다. 얼굴은 왜 또 화끈화끈 달아오르는 거지?

"한울아!"

정신 줄을 놓고 있는데 수인이 형이 나를 부르는 소리가 들렸다.

"네?"

"네가 이번 활동 사진과 영상 찍는다고 했지?"

"네?"

"지윤이가 네가 다 할 거라고 하던데? 너 영상 편집도 잘 한다며?"

그제야 나는 지윤이를 쳐다봤다. 지윤이는 입 모양으로 '왜?' 했다. '네가 한다고 했잖아?' 하는 표정이었다. 또 다른 느낌으로 기분이 상했다. 솔직히 수인이 형이 뭘 잘못한 것도 아닌데, 마음이 순식간에 불퉁거리기 시작했다.

"그런데요?"

"잘 부탁한다. 학생회 고문 쌤께 우리 캠페인 보고해야 하거든. 그날 쌤도 보호자로 오신다고 했고."

"네."

나는 최대한 단답형으로 대답했다. 더 이상 말을 하고 싶지 않다고 티를 낸 거였다.

다른 전달사항은 더 이상 없었고, 모임은 그것으로 끝이었다. 가방을 챙겨서 지윤이를 불렀다.

"안 가?"

"어딜? 나 여기 남아서 준비하는 거 도와줘야 해."

"왜? 너 학생회 임원도 아니잖아?"

이번에도 내 목소리가 의도치 않게 커졌다. 그러자 지윤이 표정이 달라졌다. 눈썹이 꿈틀꿈틀 움직이면서 끝이 확 올라갔다. 지윤이가 기분이 상했을 때 나오는 시그널이었다.

"뭔데? 왜 짜증인데?"

"아니, 그게 아니고……."

뭐라고 말을 해야겠는데 말문이 막혔다.

"됐고! 더 할 말 없으면 가! 너 좋아하는 롤이나 실컷 하셔."

지윤이는 탄산수 못지않게 톡 쏘아붙인 후 그대로 수인이 형과 임원들이 있는 곳으로 가 버렸다.

두근두근. 찌르르릇.

이번엔 심장이 빠르게 뛰다 못해 죄듯 아팠다. 지금까지와 또 다른 증상이었다. 몹시 별로였다. 내 심장, 요즘 아주 다양한 모습으로 열일한다. 두근거렸다가 찌그러졌다가.

근데 가만! 저, 수인이 형 뭐야? 완전 개짜증인데.

"독도가 왜 독도인지 아세요?"

며칠 후, 시민공원에 도착하자마자 지윤이는 오가는 사람들을 붙잡고 캠페인을 시작했다.

"내가 그란 것도 모를까 봐서 그라까? 거, 그 노래에도 나오잖어. 울릉도 동남쪽 뱃길 따라 이백 리, 외로운 섬 하나 새들의 고향. 바다 한가운데 떡허니 떠 있응게 독도 아녀?"

"다들 노래 때문에 그렇게 알고 계시는데요, 원래 우리나라에선 울릉도를 무릉, 독도를 우산으로 불렀다고 세종실록지리지에 나와 있어요."

하늘색 운동복을 입은 할머니는 용케 자리를 피하지 않고 지윤이 말을 들어주었다.

"1900년 대한제국 칙령 제4호에는 독도가 석도, 그러니까 돌로 된 섬이라고 기록돼 있구요. 전라도 방언으로 돌을 독이라고 한다면서요? 그래서 독섬, 즉 독도가 된 거래요."

"오메, 우리 학생이 참 똑똑하구만. 으짜믄 이라고 말도 잘하까잉."

"아니에요, 할머니. 지나치지 않고 들어주셔서 제가 더 감사

해요."

지윤이는 방실방실 웃으며 할머니의 모자 왼쪽에 '우리 땅 독도를 사랑합니다.'라고 써진 배지를 달아 주었다. 조금 떨어진 곳에서 전단지를 나눠 주던 수인이 형이 전단지를 나눠 주다 말고 엄지 척을 날렸다. 그러자 지윤이도 씽긋 웃으며 엄지 척을 날렸다.

그걸 보자 짜증이 확 일었다. 어이없다. 이제 대놓고 내 앞에서 애정을 과시하나?

그때부터였다. 캠페인 참가자들 사진을 찍던 나는 다른 사람들은 최대한 잘 나오게 찍었지만, 수인이 형만은 아니었다. 일부러 얼굴을 살짝 자르거나 표정이 이상할 때만 골라 찍었다. 소심한 복수였지만 이렇게라도 안 하면 배알이 꼴려서 안 될 것 같았다.

캠페인은 계속 이어졌다. 사람들은 생각보다 독도에 대해서 잘 알지 못했다. 그저 "독도는 당연히 우리 땅이지!"라고만 할 뿐이었다.

하긴, 나도 외삼촌에게 물어보거나 지금처럼 캠페인 한다고 찾아보지 않았다면 저 사람들과 별로 다르지 않았을 것이다. 독도를 우리 땅이라고 주장하기 위해 조선시대에 일본까지 건너간 안용복이나 6.25 전쟁에 참전했으나 부상으로 제대한 후 일본인들이 독도에 침범했다는 소식을 듣고 독도의용경비대를 결성해 독도지킴이로 나선 홍순칠 같은 사람도 전혀 몰랐을 것이다.

하지만 하나하나 알아가다 보니 생각이 달라졌다. 예전에는 독도가 우리 땅이든 아니든 별로 상관없었다면, 이제는 독도가 우리 땅이라 좋고 무지 소중하게 느껴졌다. '당연히 우리 땅!'이었던 것이 '아, 이래서 우리 땅이구나!'로 바뀐 것이다. 아는 만큼 보인다는 말, 그건 진리였다.

다들 나랑 같은 마음이었는지 모두 사람들에게 하나라도 더 알려 주려고 노력했다. 학생회 고문 선생님도 기꺼이 도와주셨다. 우리의 적극성 때문인지 사람들 반응도 좋아서, 원래 2시까지만 하기로 했던 일이 4시가 돼서야 끝났다. 내가 지윤이와 수인이 형 때문에 알 수 없는 복잡함에 사로잡혀 있었던 것과 상관없이, 독도 바로 알리기 캠페인은 성공적으로 마무리되었다.

"여러분, 오늘 정말 수고했어요. 그래서 말인데, 뒤풀이 어때요? 내가 무한 리필 고깃집 쏠 건데."

어떻긴 뭐가 어떻겠는가? 한참 돌도 씹어 먹을 나이에 무한 리필 고깃집에 가 뒤풀이를 하자는데 싫어할 사람이 누가 있겠는가. 다들 환호성을 지르고 난리가 났다. 수인이 형과 지윤이도 신나 하고 있었다. 그러고 보니 오늘따라 두 사람이 부쩍 더 친해 보였다. 순간 내 기분은 지하 100미터까지 쭉 내려갔다.

'짜증 나. 가기 싫어.'

신이 나 깨춤을 춰도 모자랄 타이밍에 내 기분은 엉망이 돼버렸다. 나는 집에 일이 있다는 핑계를 대고 인사를 했다. 발걸음을 떼는데 지윤이가 따라왔다.

"왜? 너도 집에 가려고?"

"아니. 그냥 너 가는 거 보려고. 혹시 어디 아파서 그런 건 아니지?"

지윤이가 약간 걱정된다는 표정으로 물었다. 그러자 난데없이 내 심장이 다다다닥 뛰기 시작했다. 나는 당황스러워서 입술을 살짝 깨물고는 그냥 웃었다.

"나 신경 쓰지 말고 재밌게 놀아."

"딱히 신경 쓰여서 그런 거 아니었는데?"

정말 신경 쓰이지 않았던 모양인지 지윤이는 냅다 손을 휙휙 흔들더니 바로 몸을 돌려 학생회 사람들이 있는 곳으로 뛰어갔다. 사람들 가운데에서 수인이 형이 웃으며 지윤이에게 빨리 오라는 손짓을 했다. 짜르르, 또다시 명치끝이 아팠다.

'뒤풀이 갈 걸 그랬나?'

뒤늦게 후회가 밀려왔다. 수인이 형과 지윤이의 웃는 모습이 자꾸 겹쳐 떠올랐다. 짜증이 아까보다 두 배로 올라왔다. 그러자 얼굴에 열이 뜨겁게 오르고 심장이 또 두근두근 뛰었다. 나는 다 잊어버리기 위해서 집까지 뛰어갔다.

"꺄아, 어쩜 좋아. 그래. 좋을 땐 다 그러는 거지."

집에 들어갔더니 엄마가 소리까지 지르며 드라마에 빠져 있었다. 화면 속엔 잘생긴 소년이 머리에 단정하게 포마드를 바르고 목엔 나비넥타이까지 맨 채 꽃을 들고 있었다. 그는 하얀 문 앞에서 몇 번을 망설이다 조심스레 문을 두드렸다.

"그래! 서두르지 말고 네 마음을 고백하는 거야. 달달하다, 달달해!"

엄마는 애도 아닌데 커다란 쿠션을 껴안고 발까지 굴렀다. 어이가 없어 피식 웃음이 나왔다. 딱 보니 각이 나왔다. 소년이 첫사랑에 빠졌고, 자신의 마음을 알게 돼 고백하러 간…….

잠깐! 첫사랑이라고?

순간 벼락에라도 맞은 것처럼 모든 것이 멈췄다. 마치 우주가 멈춘 것 같은 기분이었다. 그동안 나를 괴롭히던 문제의 원인을 비로소 알게 됐다.

내가 고장 난 것은 다 지윤이 때문이었다. 지금까지 애써 아니라고 했지만, 지윤이만 보면 가슴이 뛰고 지윤이가 수인이 형을 보고 웃으면 가슴이 답답해지고 기분이 나빠졌던 건 다 그 이유 때문이었다.

첫 사 랑!

문제의 원인을 알면 속이 시원할 줄 알았다. 하지만 아니었다. 오히려 더 답답해지고 머리만 복잡해졌다. 가방을 대충 책상에 던져두고 그대로 침대에 풀썩 엎어졌다.

나는 지윤이를 좋아한다.

지윤이는 수인이 형을 좋아한다.

이 두 가지 사실이 나를 몹시 괴롭혔다. 세차게 파도치는 내 마음 한복판에 마치 독도의 동도와 서도처럼 콱, 박혔다. 서러움이 걷잡을 수 없이 밀려왔다. 눈물이 났다. 이젠 심장 대신 눈이 고장 난 모양이다.

"소중한 건 있을 때 잘 지켜야 하는 거야."

느닷없이 외삼촌의 말이 떠올랐다. 그땐 그 말이 이렇게 와닿을 거라고는 생각하지 못했다. 그러나 이미 늦었다.

지윤이는 수인이 형을 좋아한다. 소중해서 지키고 싶어도 지킬 수가 없다. 만약 내가 지윤이에게 잘했더라면 수인이 형을 좋아했을까? 말도 안 되는 비유이지만 독도를 당연히 우리 땅으로 생각했다가 일본에게 빼앗긴 기분이다.

"이래서 독도를 빼기면 안 되는 거라고."

이젠 입에서 헛소리까지 나왔다.

내 마음을 정확히 알고 나니 당장 다음 날부터 지윤이를 대하기가 서먹해졌다. 대신 시도 때도 없이 지윤이 쪽을 흘끗흘끗 봤다. 수인이 형이 지윤이에게 다음 학생회장 선거에 나가볼 생각이 없냐고 제안을 했다고 했다. 마음이 자꾸 불편해지는 건 어쩔 수 없었다.

그래서인지 캠페인 영상 만드는 일이 자꾸 미뤄졌다. 해야 하는데 손에 잡히지 않았다. 결국 미루고 미루다 더 미뤄서는 안 될 때가 되어서야 PC방으로 갔다. 그날따라 집 컴퓨터가 말썽이었다.

그런데 재수 없는 놈은 넘어져도 코가 깨진다더니, 하필 영상 만들러 간 PC방에 나의 철천지원수 일본, 아니 수인이 형이 있었다.

"한울아! 너도 게임 하러 왔어?"

"아니요. 집 컴퓨터에 문제가 있어서 여기에서 캠페인 영상 편집하려고 왔어요."

수인이 형의 컴퓨터엔 롤이 켜져 있었다. 티어는 실버 3. 나도 모르게 웃음이 나왔다. 사람이 뭐든 다 잘하는 법은 없는 모양이었다. 느닷없이 기분이 좀 좋아졌다. 나는 수인이 형 옆자리에 앉아 작업을 시작했다.

꼬박 3시간 정도 앉아서 동영상 편집을 했다. 사진을 이어 붙이고 짧은 영상은 잘라내서 필요한 부분만 남겼다. 자막을 깔고 배경음악과 효과음도 넣었다. 몇 번이고 돌려서 재생시키면서 마음에 들 때까지 고쳤다. 그렇게 7분짜리 동영상이 만들어졌다.

"와, 한울이 너 대단하다. 그런 거 어떻게 하는 거야?"

"별것 아니에요. 요새는 무료 편집 프로그램도 많고 유튜브에 편집 방법 가르쳐 주는 영상도 많아요."

간만에 약간 빼기며 대답했다. 묘하게 기분이 좋았다. 만든 영상은 수인이 형 메일로 바로 보냈다. 해야 할 일을 다 하고 나니 더 이상 참을 수가 없었다.

"형, 지윤이 좋아해요? 지윤이랑 사귀기로 한 거예요?"

기습적인 내 질문에 수인이 형은 어리둥절해했다. 하긴, 이런 말을 내가 물어볼 거라고는 생각도 못 했을 것이다.

"아니! 아직 그런 말은 안 했어. 근데 그게 네가 왜 궁금해?"

이번엔 내가 당황했다. 내가 이걸 왜 물었지?

"그, 그게, 저 지윤이랑 소꿉친구거든요. 사실 그보다 더 오래되었어요. 근데 지윤이가 요새 좀 변한 것 같아서요."

화면 안의 마우스 커서가 빙글빙글 돌아갔다. 어떻게 말을 해야 할지 모르는 내 맘 같았다.

“형은 공부도 잘하고 똑똑하고 친구들한테 인기도 많잖아요. 그러니까 지윤이도 그냥 친한 동생처럼 대하면 안 돼요?”

말을 하면서도 내가 왜 이러나 싶었다. 하지만 이미 늦었다. 어차피 안 되더라도 한번은 맞서고 싶었다.

“형은 이제 고등학교 갈 거잖아요. 그렇게 되면 지윤이 만날 시간도 없을 거고, 그러면 지윤이는 외로워질 텐데. 그러니까 그냥 내버려 두면 안 돼요?”

수인이 형이 컴퓨터만 보다가 내 말에 고개를 돌렸다. 옆을 보지 않아도 얘가 지금 무슨 소리 하는 거지? 하는 것 같은 표정을 짓고 있는 것이 보였다.

“야, 내가 너한테 왜 이런 소리를 들어야 하는지 모르겠다.”

“…….”

내가 아무 말 않자 수인이 형이 음료수를 벌컥벌컥 들이켰다. 그런 후 목을 한 번 가다듬더니 말을 이었다.

“요전에 캠페인 하던 날, 사실 나도 지윤이한테 반했다. 사람들한테 독도 설명하는데 어찌나 야무지던지. 게다가 굿즈 나눠 줄 땐 진짜 너무 예뻐 보이더라. 그래서 사귀고 싶은 마음이 들었어.”

수인이 형 입에서 나온 '반했다'라는 말에 내 심장이 덜컥 내려앉았다. 왠지 모든 게 끝난 것 같았다.

"지윤이는 굉장히 어른스럽고 당당하고 자기 생각이 확실한 아이라서 멋있어."

수인이 형이 덧붙인 말은 더 이상 내 귀에 들리지 않았다. 내가 내 감정을 모르고 있을 때 누군가 지윤이를 좋아할 수도 있다는 걸 그제야 깨달았다. 정말 무언가를 제대로 알고 지키는 건 꽤 중요한 일이었다.

"형이라면 지윤이랑 어울릴 것 같아요. 사귀게 되면 고등학교 가서도 자주 연락해 주세요."

나는 찢어지는 마음을 붙잡고 자리에서 일어나 손을 내밀었다. 더 있다간 추해질 게 틀림없었다. 수인이 형은 그런 내 마음을 이해한다는 듯 내 손을 잡았다.

그때였다. 별안간 뒤에서 지금 들려서는 안 되는 목소리 하나가 튀어나왔다.

"두 사람, 뭐 하냐?"

수인이 형과 나는 동시에 깜짝 놀라 뒤돌아봤다. 거기엔 지윤이가 인상을 팍 쓴 채 서 있었다. 미간 사이에 주름이 세 개나 보였다. 극도로 화가 났을 때나 보이는 표정이었다.

"지, 지윤아!"

"지윤이 왔구나?"

나와 수인이 형은 동시에 지윤이를 불러 놓고 넋 나간 표정을 지었다.

"수인이 오빠 입 다무시고요. 야, 정한울! 너 뭔데? 네가 뭔데 내가 누구를 좋아하고 사귈지를 네가 신경 쓰고 결정짓는데? 진짜 어이가 없어서."

"아니, 그, 그게 말이야, 그러니까 나는 네가 수인이 형을 좋아하니까 그냥 네가 좋으면 좋을 것 같아서, 그래서 마음 정리하는 차……."

"그러니까! 네가 뭔데 그러냐고."

삽시간에 분위기가 심상치 않아지자 수인이 형이 나섰다.

"지윤아! 그게 아니라 한울이는 네가 나를 좋아하는 것 같으니까 잘 부탁한다고 말을 하……."

"제가요? 오빠를요? 좋아한다고요? 왜요?"

지윤이는 세상에서 가장 이상한 소리를 듣는다는 듯 한마디 한마디 힘주어 되물었다. 예상치 못한 지윤이의 태도에 수인이 형이 당황하기 시작했다.

"너, 나 좋아하는 거 아니었어?"

"아닌데요. 저 좋아하는 사람 같은 거 안 키우는데요."

지윤이는 단호했다. 어찌나 단호한지 비집고 들어갈 틈이 안 보였다. 수인이 형이 아까보다 더 허둥거렸다.

"그, 그럼 왜 캠페인 할 때 그렇게 저, 적극적으로 한 건데? 나, 나 때문 아니었어?"

"뭔 소리예요? 캠페인 잘하는 건 당연한 거 아니에요? 안 그럼 그걸 왜 해요?"

지윤이가 대답할 때마다 내 기분이 실시간으로 달라졌다. 수인이 형한텐 미안하지만, 점점 기분이 좋아졌다. 아까까지만 해도 독도를 일본에 빼앗긴 느낌이었다면, 지금은 잃었던 나라를 되찾은 기분이었다.

"그럼 내가 말할 때마다 나랑 눈 맞추고, 웃고, 고개까지 끄덕이면서 잘 들어준 건, 그건 뭔데?"

"아니, 무슨 개소리를 그렇게 신박하게 해요? 그럼 사람이 말하는데 고개 돌리고 인상 쓰고 딴짓해요? 아놔, 오빠 그렇게 안 봤는데 되게 이상하시다."

오늘따라 지윤이의 목소리는 또랑또랑을 넘어 카랑카랑했다. 그 모습이 별나게 매력적으로 다가왔다. 게다가 수인이 형을 좋아하지 않는다는 말이 내 행복지수를 껑충 뛰게 만들었다.

반대로 수인이 형 얼굴은 점점 붉어지다 못해 허탈함과 민망함으로 누렇게 뜬 것처럼 보였다. 안타까울 정도라 얼른 내가 나섰다.

"근데 지윤아, 너 여기 왜 온 거야?"

"아이 씨, 네가 전화를 안 받으니까 왔지! 너희 엄마가 저녁 먹으러 오라고 해서 가는 길에 너 데리고 오라고 했단 말이야."

"그럼 너도 우리 집 가?"

"그래! 우리 엄빠 오늘 모임 가서 안 계셔. 간만에 너희 엄마표 갈비찜 먹는다고 좋아라 하면서 왔더니 개소리나 듣고. 암튼 넌 이따가 보자."

나는 얼른 수인이 형을 향해 이만 가 보겠다는 표시로 손을 흔들었다. 지윤이도 고개를 살짝 끄덕였다.

우린 밖으로 나갔다. 온갖 냄새로 꽉 찬 PC방에서 나와 맑은 공기를 마시니까 여간 상쾌한 게 아니었다. 모든 고민거리까지 한 방에 해결돼 기분도 더없이 좋았다.

"지윤아, 독도 수행평가 말이야, 내가 정보 다 챙겨 줄까?"

내 말에 지윤이가 획 돌아봤다. 눈빛에 아직도 냉기가 좔좔 흘렀다. 하지만 무섭지 않다. 저런 모습도 지윤이의 매력이니까.

"너 한 번만 더 아까 PC방에서 했던 것처럼 헛소리하면 죽는다!"

"알겠어. 그러니까 어떡할래?"

"생각해 보고!"

"나 믿어 봐. 네가 어디서도 얻을 수 없는 독도 자료를 챙겨 놓을 테니까."

"어떻게?"

그제야 지윤이가 조금은 누그러진 표정으로 나를 쳐다봤다. 내 머릿속엔 이미 외삼촌 얼굴이 둥둥 떠다녔다. 외삼촌이라면 분명 다른 아이들이 모르는 정보나 사실을 알고 있을 테니 자신 있었다. 그리고 마음만 먹으면 외삼촌한테 부탁해 직접 독도를 다녀올 수도 있을 거다.

"그런 게 있어. 어떻게 할래? 내 제안 받아들일 거야, 말 거야?"

내가 능글능글 웃으며 물었다. 지윤이는 그걸 나의 자신감으로 받아들인 것 같았다.

"좋아! 대신 큰소리친 것만큼 해라. 안 그럼 죽는다?"

나는 실실 웃으며 고개를 끄덕였다.

이번 기회는 놓칠 수 없었다. 오랫동안 친구라 당연히 나와 평생 친할 거라고 생각했던 지윤이가 언제든 다른 사람과 친해지고, 다른 사람을 좋아할 수 있다는 걸 알게 된 마당이었다. 하지만 세상엔 당연한 건 없다. 언제든 달라질 수 있다.

"소중한 건 지켜야지."

외삼촌 말대로, 소중한 것은 지켜야 한다. 그래야 오래 나와 함께할 수 있다. 소중한 것을 지키기 위해선 지켜야 할 대상에 대해서 잘 아는 것부터가 시작이다.

독도도 마찬가지다. 우리 땅이라고 당연하게만 여길 것이 아니라 잘 지키기 위해서 제대로 아는 것부터 시작해야 한다.

어쩌면 이번 수행평가는 내게 운명적인 일이 될지도 모른다. 나는 지윤이를 힐끔 돌아봤다. 그리고 다짐했다.

'독도! 이제 너는 내가 지킨다.'

우리 땅 독도

Dokdo Anthology

1. 역사로 알아보는 독도

독도는 북위 37도, 동경 132도에 있는 대한민국 영토이다.

경상북도 울릉군에 속한 독도는 울릉도에서는 약 87킬로미터, 일본의 오키 섬에서는 157킬로미터가 떨어져 있다. 우리나라 동해 한가운데 위치해 있어 지리적, 군사적으로 중요한 위치에 있다. 일본은 독도를 여전히 자기 땅이라고 우기고 있지만, 역사적으로 독도가 우리 땅임을 증명하는 많은 문서들이 있다. 먼저 그 문서들을 살펴보자.

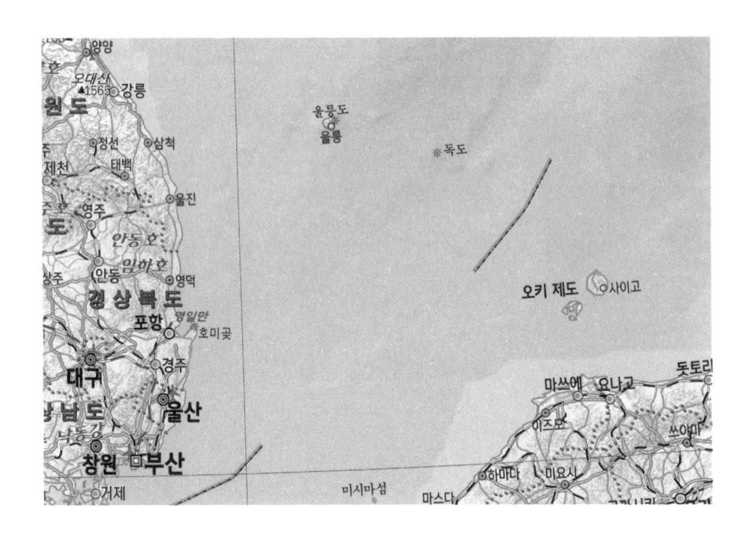

가. 팔도총도

조선 전기 목판본으로 제작된 전국 지도로 독도를 '우산도'라고 표기했고, 실제와는 달리 울릉도 서쪽에 독도를 그렸다.

팔도총도(1416~1684년 추정).
조선 전기 목판본으로 제작된 전국 지도로 독도를 '우산도'라고 표기했다. 실제 위치와는 달리 울릉도 서쪽에 독도를 그렸다. (이미지 출처: 위키피디아)

나. 대일본전도

일본 육군이 1877년에 제작한 지도로 오키나와 등 일본 영토에 속해 있는 섬은 자세히 표시되어 있지만 독도는 그려져 있지 않다. 일본 땅이 아님을 스스로 인정한 것이라 볼 수 있다.

대일본전도(1877).
일본 영토 중 독도와 가장 가까운 오키 섬이 그려져 있지만, 독도는 표시되어 있지 않다. (이미지 출처: 위키피디아)

다. 세종실록지리지

《세종실록지리지》에 울릉도와 독도에 대한 언급이 있다. 그 내용을 원문으로 살펴보자.

世宗實錄 卷153 地理誌 江原道 三陟都護府 蔚珍縣

세종실록 권153 지리지 강원도 삼척도호부 울진현

于山武陵二島, 在縣正東海中. 二島相去不遠, 風日淸明, 則可望見.

우산무릉이도, 재현정동해중. 이도상거불원, 풍일청명, 즉가망견.

: 우산과 무릉 두 섬이 현의 정동방 바다 가운데에 있다. 두 섬이 서로 거리가 멀지 아니하여, 날씨가 맑으면 가히 바라볼 수 있다.

여기서 우산은 독도를, 무릉은 울릉도를 가리킨다. 날씨가 맑으면 맨눈으로도 보일 만큼 가까이 있다고 기록되어 있다. 독도가 우리 영토라는 확실한 증거이다.

또 다른 부분도 살펴보자.

新羅時, 稱于山國, 一云鬱陵島. 地方百里, 恃險不服……

신라시, 칭우산국, 일운울릉도. 지방백리, 시험불복……

: 신라 때에 우산국 또는 울릉도라 칭하였다. 땅 구역은 1백 리로, (사람들이) 험한 지형에 의존하여 복종하지 아니하므로……

이처럼 아주 오래전, 신라시대에도 우리 땅임을 명확히 하고 있다. 또한 《삼국사기》에 기록된 우산국과 우해왕의 이야기에는 '우산국이 (신라에) 귀복하여 해마다 토산물을 바치기로 하

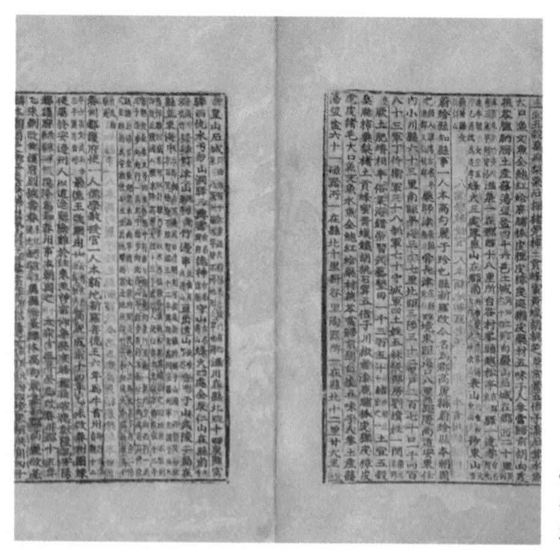

《세종실록지리지》(세종14, 1432년). 독도와 울릉도가 언급된 부분. (이미지 출처: 독도박물관)

였다.'는 내용이 있다. 이로 미루어 볼 때, 우산국은 멸망한 것이 아니라 신라와 연합 동맹을 구축했다고 볼 수 있다. 이사부의 우산국 정벌 이후에도 우산국의 세력권에 독도는 물론 대마도까지 포함되어 있었다고 할 수 있다.

라. 조선왕국전도

1735년 프랑스 지리학자 당빌이 제작한 조선의 지도이다. 서양인이 만든 조선 지도 중 현존하는 가장 오래된 지도로 알려져 있으며, 지명, 산세 등을 비롯해 위도와 경도까지 정확하게 그려져 있다.

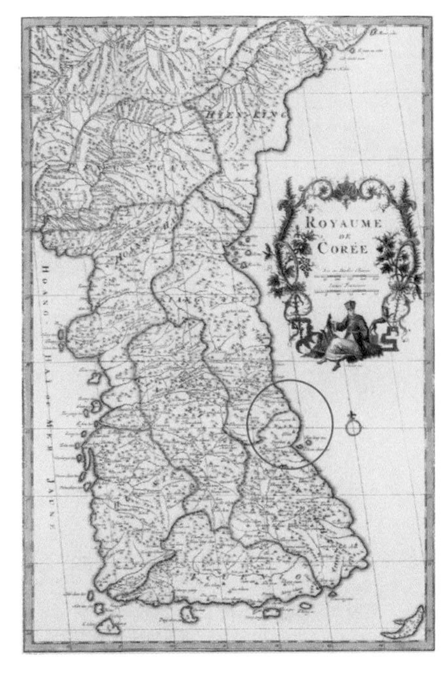

조선왕국전도(1737년).
1735년에 알려진 후, 2년 뒤인 1737년에 채색하여 편찬했다. 지도첩에는 중국을 비롯한 주변 지역의 지도 42매가 있는데, 이 지도는 31번째에 삽입되어 있다. (이미지 출처: 국토지리정보원 지도박물관)

지명은 대부분 중국어식 발음 표기에 따라 표시되어 있다. 붉은 동그라미 안을 보면 독도로 추정되는 우산도于山島를 잘못 읽은 천산도千山島의 중국식 발음인 '찬찬타오Tchian Chan Tao'라고 표기되어 있는 것을 볼 수 있다. 현재 스페인 마드리드 상원도서관에 전시되어 있다.

2. 독도의 지형

천연기념물 제336호로 지정된 독도는 동도와 서도 두 개의 큰 섬과 89개의 작은 바위섬으로 이루어져 있다. 삼형제굴바위, 촛대바위, 가제바위 등 아름다운 모양의 바위가 바다 위에 떠 있다. 겉으로 보기엔 작은 섬이지만, 바닷속에 있는 부분까지 생각하면 꽤 큰 섬이다.

독도는 460만 년 전부터 250만 년 전 사이에 화산이 폭발하면서 만들어졌다. 우리나라에 있는 화산섬 중 가장 오래된 섬으로, 크기는 작지만 나이는 가장 많은 셈이다.

바다에서 바라본 독도의 모습.
동도(오른쪽)와 서도(왼쪽)가 보인다.

3. 일본, 왜 독도를 탐내는가?

우리나라 땅이 명백한데도 일본은 어째서 독도를 자기네 땅이라고 우기며 호시탐탐 독도를 넘보는 걸까? 그 이유를 몇 가지 측면에서 살펴보자.

가. 경제적 측면

배타적 경제 수역 때문이다. 배타적 경제 수역이란 자국 연안으로부터 200해리까지의 모든 자원에 대해 독점적 권리를 행사할 수 있는 바다의 영역을 의미한다. 우리나라는 일본, 중국과 배타적 경제 수역이 겹치기 때문에 어업 협정을 체결해 겹치는 부분을 공동으로 관리하고 있다. 독도 부근은 중간 수역으로 정해져 있는데, 만약 독도가 일본 땅이라고 한다면 독도 인근 바다에서의 어업 권한을 일본이 가져가게 된다.

나. 풍부한 수산자원

독도 주변 바다는 따뜻한 난류와 차가운 한류가 만나고 있다. 덕분에 산소와 플랑크톤이 풍부해서 수산자원 또한 풍부하다. 이렇게 풍부한 수산자원은 사람들에게 식량이 되기도 하고, 생태계를 연구하는 중요한 역할을 하기노 한다.

다. 양질의 해양 심층수

수심 200미터 이하 지대에 있는 물인 해양 심층수는 온도가 일정하게 유지되며 세균이 번식할 수 없다. 이를 이용해서 각종 의약품 개발을 할 수도 있고, 식수로 활용할 수도 있다. 우리나라에서는 2013년에 독도에 울릉도 독도 해양연구기지를 세웠다. 해양연구기지에서는 해양 심층수 개발뿐 아니라 해양 지원 조사와 연구 지원, 독도 강치 등의 해양 생물과 해저 미생물 등의 서식 환경 연구도 함께 진행하고 있다.

라. 숨겨진 보물, 메탄 하이드레이트

메탄 하이드레이트는 바닷속에 있는 퇴적층에 미생물이 죽어서 쌓인 것으로, 메탄가스와 천연가스 그리고 물이 얼어붙어 생긴 고체 연료이다. 불을 붙이면 아주 잘 타서 석유나 석탄을 대체할 연료가 되기도 한다. 독도 인근 해저에서 우리나라가 앞으로 30~50년 동안 사용할 수 있는 양이 발견되었고, 더 많은 양이 매장되어 있을 것으로 추측하고 있다.

4. 독도를 지키기 위한 우리의 노력 그리고 미래

독도에는 아주 오래전부터 강치가 살고 있었다. 하지만 안타깝게도 지금은 어디에서도 강치의 모습을 찾아볼 수 없다. 독도에서 강치가 사라진 까닭은 나카이 요자부로라고 하는 일본인을 중심으로 일본 어부들이 강치를 마구잡이로 잡아들였기 때문이다. 강치는 가죽은 가죽대로, 기름은 기름대로 버릴 것 없이 돈이 되었다. 강치의 가죽은 귀하고 품질이 좋았으며 그만큼 비쌌다. 결국 1994년에 국제자연보전연맹IUCN이 멸종을 선언했다. 현재 강치 박제 표본과 영상 등 희귀한 자료 대부분을 일본이 소장하고 있다. 일본인들은 이렇게 강치를 멸종시켜 놓고 국제 사회에는 조선이 강치를 멸종시켰다고 주장하며, 강치의 이름을 '일본 바다사자Japanese Sea Lion'라고 등재했다.

일본의 이런 억지 주장으로부터 독도를 보호하기 위해서 우리는 어떤 노력을 해야 할까?

가. 역사 속 인물들의 노력

안용복: 조선 숙종 19년(1693년), 안용복은 울산, 부산, 전라

강치잡이(1934년).
독도에서 강치를 잡고 있는 일본인. (이미지 출처: 위키피디아)

도 출신 어부들과 울릉도에서 고기잡이를 하던 중 일본 어부들에 의해 오키 섬으로 잡혀갔다. 잡혀간 상황에서도 당당하게 독도가 조선 땅임을 이야기했다. 풀려난 안용복은 3년 후 배를 몰아 일본으로 가서 독도 바다에 와서 고기잡이하는 일본인들이 있음을 꾸짖고 다시는 오지 말라고 했고, 결국 일본은 1696년 1월 '죽도도해금지령'을 내렸다.

최종덕: 1980년, 일본이 독도 영유권을 주장하자 독도가 무

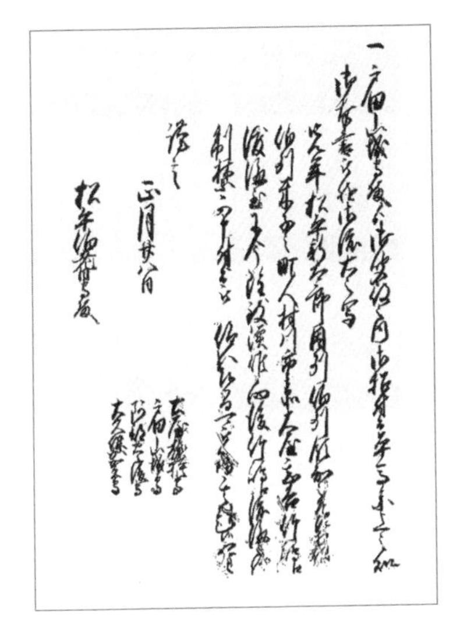

죽도도해금지령 문서(1696년).
일본 어민이 죽도(울릉도) 및 독도로 출어하는 것을 금지한 일본 막부의 명령이 적혀 있다. (이미지 출처: 독도박물관)

인도가 아니라 사람이 사는 섬임을 알리기 위해 다음 해 10월 독도로 주민등록을 옮긴 후, 독도에 거주한 독도 주민 1호이다. 최종덕은 사람이 살기 힘든 독도에 실제 거주하면서 독도를 지키고자 노력하였다.

이분들 이외에도 현재 독도경비대원, 등대 관리원, 독도관리사무소 직원 등 50여 명이 독도에 거주하며 우리 영토임을 알리고 독도를 지키기 위해 노력하고 있다.

외교부 홈페이지에 공개되어 있는 독도 홍보영상
외교부 공식 유튜브에서도 볼 수 있다.

나. 우리는 어떤 노력을?

지금까지 살펴본 것처럼, 독도가 우리 땅임이 분명한데도 일본은 국제사회에 독도가 일본 땅이라고 알리고 있다. 심지어 세계 여러 나라 언어로 독도가 일본 땅이라는 내용의 영상을 만들어 억지 주장을 하고 있다.

우리나라에서도 독도가 우리 땅임을 세계에 알리기 위해 외교부에서 독도 홍보 영상을 제작해 공유하는 등 홍보 활동을 꾸준히 하고 있다.

사이버 외교 사절단 반크VANK는 한국을 세계에 바르게 알리기 위해 만들어진 단체이다. 독도와 동해 표기 등 우리나라와 관련해 잘못 기록된 정보를 찾아 수정을 요구하고, 독도에 대한 영상을 제작해 배포하기도 한다.

노력 없이 저절로 얻을 수 있는 것은 아무것도 없다. 우리 조상들의 다양한 활동과 역사적 근거로 우리 땅임이 증명된 독도. 이제는 후손인 우리가 나서서 지켜야 한다.

★ 독도에 대해 더 알아보고 싶다면?

· 외교부 독도: https://dokdo.mofa.go.kr/kor/
· 국토지리정보원: https://www.ngii.go.kr/kor/main.do
· 반크: www.prkorea.com/
· 동북아역사재단 독도연구소: www.dokdohistory.com/

독도 앤솔러지 우산의 비밀

2022년 2월 10일 초판 1쇄 발행 | 2023년 9월 20일 3쇄 발행

지은이 정명섭, 장아미, 심진규, 임지형
펴낸이 박시형 최세현

편집인 박숙정 **기획편집** 최현정, 정선우 **디자인** 전성연
마케팅 양근모, 권금숙, 양봉호, 이주형 **온라인마케팅** 신하은, 현나래, 최혜빈
디지털콘텐츠 김명래, 최은정, 김혜정 **해외기획** 우정민, 배혜림
경영지원 홍성택, 김현우, 강신우 **제작** 이진영
펴낸곳 팩토리나인 **출판신고** 2006년 9월 25일 제406-2006-000210호
주소 서울시 마포구 월드컵북로 396 누리꿈스퀘어 비즈니스타워 18층
전화 02-6712-9800 **팩스** 02-6712-9810 **이메일** info@smpk.kr

ISBN 979-11-6534-475-7 (43810)

• 잘못된 책은 구입하신 서점에서 바꿔드립니다.
• 책값은 뒤표지에 있습니다.
• 팩토리나인은 (주)쌤앤파커스의 브랜드입니다.

쌤앤파커스(Sam&Parkers)는 독자 여러분의 책에 관한 아이디어와 원고 투고를 설레는 마음으로 기다리고 있습니다. 책으로 엮기를 원하는 아이디어가 있으신 분은 이메일 book@smpk.kr로 간단한 개요와 취지, 연락처 등을 보내주세요. 머뭇거리지 말고 문을 두드리세요. 길이 열립니다.